나를 매혹시킨
한 편의 시 ⑧

시를 사랑하는 각계 명사들의 애송시에 얽힌 이야기

나를 매혹시킨 한 편의 시 ⑧

| 정치인 손학규 · 이명박 · 정동영, 원로학자 김동기 등 31인의 수기 |

문학사상사

비범한 사람들에겐 아름다운
시혼詩魂이 깃든다

이 시리즈는 우리 사회의 각계각층에서 활동하는 명사들이 각박한 현실 속에서도 시를 사랑하고 아름다운 꿈을 꾸며 살아가는, 애송시에 얽힌 소중한 이야기들을 들려줌으로써 독자들에게 삶과 시가 자아내는 '꿈'의 소중함을 일깨워준다. 그 주옥같은 글들을 읽어보면 평범하지 않은 사람에겐 거의 예외없이 시를 사랑하는 아름다운 시혼詩魂이 깃들어 있다는 사실을 알 수 있다.

김성곤_문학평론가 · 《문학사상》 주간

■ 세계적으로도 보기 드문, 노래와 춤과 시를 사랑하는 한국인의 예술 정신

한국인들처럼 가무歌舞를 좋아하는 민족이 또 있을까? 굳이 중국 《위지》〈동이전〉의 기록이나 일본 작가 다니자키 준이치로의 《마키오카 자매들》을 언급하지 않더라도, 한국인들은 음악만 나오면 신바람이 나 금세 어깨춤을 추기 시작하고 노래를 흥얼거리기 시작한다. 그래서인지 한국처럼 노래방이 많은 나라도 흔치 않을 것이다. 또 한국처럼 방송에 가요 프로그램이 많은 나라도 그리 많지 않을 것이다. 라디오나 텔레비전을 켜면 언제나 노래가 나오니 말이다.

그래서 한국인들은 시를 좋아하는지도 모른다. 시는 기본적으로 흥을

돌워주고 감동을 주는 노랫말이기 때문이다. 다른 나라 사람들에 비해 한국인들의 시 사랑은 유별나다. 예컨대 미국에서는 시집이 팔리지 않은 지이미 오래되었는데, 한국에서는 아직도 시집이 베스트셀러가 된다. 그러한 현상은 미국인들의 눈에는 그저 신비한 불가사의다. 그러고 보니 미국에서는 가수들을 제외하면 노래하는 사람을 찾아보기 어렵다. 그러니 시를 좋아할 리 없다.

그러나 노래와 시를 좋아하는 한국인들은 누구나 애송시를 하나쯤은 갖고 있는 것처럼 보인다. 굳이 문학도가 아니더라도 중·고등학교 때 배운 시들을 좋아하고 기억하는 경우가 많아서, 누가 애송시를 물어보면 우리는 대부분 주저 없이 시인과 시의 제목을 댄다. 물론 그 애송시의 전문을 다 외우는지는 확실치 않다. 서울에 온 어느 영국인 교수가 관악산의 나무들을 보더니, 나무를 노래한 A.E. 하우스만의 시 전문을 나지막한 목소리로 암송하는데 참 듣기 좋았다. 교육받은 영국인들은 또 셰익스피어의 소네트도 한 구절씩은 대개 다 외우고 있다. 시란 아무래도 외워서 낭송해야 제멋이 나는 것 같다.

■ 애송시는 각박한 현실을 극복해 나가는 꿈과 희망의 정신적 영양소

시는 또 한국인 특유의 정서인 한恨과도 잘 맞아떨어진다. "감나무쯤 되랴. / 서러운 노을빛으로 익어가는 / 내 마음 사랑의 열매가 달린 나무는"으로 시작되는 박재삼의 〈한恨〉에 매료되지 않는 한국인은 아마 한 명도 없을 것이다. 그래서인지 한국인들의 애송시에는 대체로 거기에 얽힌 사연들이 있는 것처럼 보인다. 때로는 아름답고 감미로운 시구와 내용에 매료되기도 하고, 때로는 애송시 속에 자신의 애틋한 사랑이나 이별이나 추억을 투영하기도 하며, 또 때로는 한 편의 시가 깊은 감동과 영향을 주어 그로 인해 역경을 극복할 용기를 얻거나 삶의 방향을 바꾸는 경우도 있다.

예컨대 1960년대 한국 학생들은 푸슈킨의 〈삶〉을 책상 앞에 붙여놓고 불만스러운 현실 속에 미래의 꿈을 키워나갔으며, 릴케의 〈그리움〉이나 김영랑의 〈모란이 피기까지는〉을 암송하며 사랑하는 대상이나 유토피아에 대한 그리움과 기다림을 달래곤 했다. "일어나서 지금 가자, 이니스프리로 가자"로 시작되는 예이츠의 〈이니스프리의 호수〉 또한 이상향에 대한 꿈을 심어주었으며, 프로스트의 〈가지 못한 길〉은 당시 길 잃고 방황하던 사람들의 삶의 여정에 반가운 이정표 역할을 해주었다.

"푸른 하늘을 제압하는 / 노고지리가 자유로웠다고 / 부러워하던 / 어느 시인의 말은 수정되어야 한다"로 시작되는 김수영의 멋진 시 〈푸른 하늘을〉과 "모래야 나는 얼마큼 적으냐 / 바람아 먼지야 풀아 나는 얼마나 적으냐 / 정말 얼마나 적으냐"로 끝나는 그 시인의 〈어느 날 고궁을 나오면서〉가 젊은이들의 애송시가 되던 때도 바로 그때였다. 당시 김수영의 시들은 사적인 감상을 사회적 차원으로 확대시키는 데 중요한 역할을 했다. 이육사의 〈청포도〉나 유치환의 〈깃발〉이나 서정주의 〈국화 옆에서〉 또는 김춘수의 〈꽃〉 같은 것들도 애송시로서 크게 각광을 받았다.

각박하고 어려운 현실 속에서 살아온 한국인들에게 그러한 애송시들은 늘 역경을 이겨낼 수 있는 꿈과 희망을 가져다주었다. 시가 있는 한 꿈은 사라지지 않고, 꿈이 있는 한 시도 계속되는 법이기 때문이다. 미국 작가 토머스 핀천은 "시인은 꿈을 먹고산다. 만일 꿈이 없다면 시인은 무엇을 위해 산단 말인가?"라고 말한 적이 있다. 과연 시를 좋아하는 사람들, 그래서 '나를 매혹시킨 한 편의 시'를 갖고 있는 사람들은 아직 꿈을 잃어버리지 않은 사람들이다.

■ 소중한 꿈을 잃고 사는 현대인들에게 드리는 감동의 영양소가 되기를

문학사상사에서 펴내고 있는 '나를 매혹시킨 한 편의 시' 시리즈는 바로 꿈을 상실한 채 살고 있는 현대인들에게 잃어버린 꿈을 되찾아주는 특별한 기획이다. 이 시리즈는 우리 사회의 각계각층에서 활동하면서 꿈을 꾸고 있는 사람들의 소중한 이야기들을 들려줌으로써, 독자들에게 삶과 문학이 만들어내는 '꿈'의 소중함을 다시 한 번 일깨워주고 있다. 악몽 같은 현실 속에서 아름다운 꿈을 기억해 내고 발굴해 내는 이 작업에는 비단 시인과 소설가들뿐 아니라 정치인과 경제인과 법조인 그리고 예술가, 교육자, 언론인 등 각계의 사회 명사들까지 참여하고 있으며, 연령의 구별 없이 소장小將과 중견과 원로들이 모두 한 편의 시에 얽힌 자신들의 다양한 경험을 이야기하고 있다는 점에서 중요한 의의를 갖는다.

그런 의미에서 '나를 매혹시킨 한 편의 시' 시리즈는 시인들과 독자들의 대화의 기록이자, 꿈의 제공자들과 꿈꾸는 자들의 만남의 장場이며, 문학과 삶 또는 환상과 현실의 연결고리라고 할 수 있다. 필자들은 자신들을

8

매혹시킨 한 편의 시를 골라 거기 얽힌 사연을 이야기하면서, 궁극적으로 삶에 감동과 의미와 가치를 주는 문학의 신비한 힘과 예술의 효용성에 대해 이야기하고 있기 때문이다.

그렇다면 '나를 매혹시킨 한 편의 시' 시리즈는 이 최첨단 하이테크 시대에도 문학이 여전히 우리를 감동시키고, 우리의 현실과 삶을 변화시키며, 우리의 가슴속에 숨 쉬며 살아 있다는 것을 예증해 주는 중요하고 값진 지적 성과라고 할 수 있다. 문학이 고립되어 문화계 구조 조정의 퇴출 대상이 된 것 같은 이 시대에, 문학이 사실은 우리의 삶을 얼마나 가치 있고 풍요롭게 해줄 수 있는가를 잘 보여주고 있다는 점에서 이 책의 출간은 적절한 것으로 여겨진다. 그와 동시에, 예술과 일상을 자연스럽게 연결시켰다는 점에서 그리고 관습의 경계를 넘어 문학의 확장을 시도했다는 점에서도 이 시리즈는 오래 살아남을 것이다.

좋은 시들의 정수精髓만 모아놓은 '나를 매혹시킨 한 편의 시' 시리즈가 널리 퍼져 나가, 문학의 중요성을 잊은 채 살고 있거나 미처 깨닫지 못하고 있는 독자들에게 다시 한 번 문학의 중요성을 깨우쳐주는 한 권의 기념비적인 책으로 애독되기를 간절히 바란다.

차례

만화가
고우영

고향 / 정지용

[먼 항구로 떠도는 구름]

빈 터만 남은 옛집 주위를 참담한 시인 행색이 되어
거니는데 그날도 하늘빛은 여전히 푸르러서 서러워.
정지용 시인인가,
아니면 내 입에서인가 읊조려진 한마디.
"······먼 항구로 떠도는 구름."

1938년 만주에서 태어나 동성고교를 졸업, 1988년 한국만화가협회 제15대 · 16대 회장을
지냈고, 1991년 영화 〈가루지기〉를 감독했다. 주요 작품으로 〈쥐돌이〉 〈마의태자〉 〈이태
백〉 〈짱구박사〉 〈임꺽정〉 〈수호지〉 〈일지매〉 〈삼국지〉 〈가루지기〉 〈십팔사략〉 〈고소금〉
〈수호지2000〉 등이 있고 현재 〈한자풀이〉 극화를 작업 중이다.

고향

정지용

고향에 고향에 돌아와도
그리던 고향은 아니러뇨.

산꿩이 알을 품고
뻐꾸기 제철에 울건만,

마음은 제 고향 지니지 않고
머언 항구로 떠도는 구름.

오늘도 뫼 끝에 홀로 오르니
흰 점 꽃이 인정스레 웃고,

어린 시절에 불던 풀피리 소리 아니 나고
메마른 입술에 쓰디쓰다.

고향에 고향에 돌아와도
그리던 하늘만이 높푸르구나.

14

먼 항구로 떠도는 구름

정지용의 시 〈고향〉이다. 가슴에 너무 와 닿아서 가끔은 내가 지은 시가 아닌가 착각하기도 한다. 지금은 활자화하기 위해서 이렇게 쉽게 쓸 수 있지만 전에는 어림도 없었다.

전차표 한 장 없어서 옆구리 터진 운동화로 털레털레 등교를 하고, 학교에서는 칠판 앞으로 불려 나가 수업료 미납자 몇몇 녀석들 틈에서 치욕의 낯을 숙이고 서 있어야 했던 그 시절에는, 경관이 잡아간다 하여 공책 위에 적을 수가 없던 글이다. 숨죽여 가며 입속으로 암송하는 게 고작이던 시다. 이유인즉, 시인 정지용이 자진 월북했대나 어쨌대나…….

누가 나에게 고향이 어디냐고 물으면 대답은 조금 장황해지지. 이미 여러 차례 주워대어서 앞뒤 순서와 맺음말까지 외고 있게 된 그 대사를 글로 적어보면 이렇다.

"부모님은 모두 평양 분이십니다. 일찍이 1930년대에 이민 가셨던 만주에서 저는 태어났습니다. 해방된 이듬해부터는 서울로 와서 지금까지 살고 있습니다. 제 고향을 어디라고 해야 옳을까요?"

많은 분들은 양친의 본향을 따라 '평안남도의 평양이 고향일 거다' 하시고, 더 많은 분들께서는 '열 살 남짓 어린 나이 때부터 초로가 된 오늘까지 거주한 서울이 이제는 고향이 되었다'는 해석을 내려준다.

말쑥한 서울말을 쓰다가도 왈칵 휘저은 웅덩이 밑바닥의 흙탕 떠올리

듯, 오래전에 침전되어 잊었던 관서 억양을 느닷없이 풍겨대는 말투 때문에 지금도 심심찮게 고향을 채근받는 것일 거다. 어쨌거나 평양이든, 서울이든, 고향을 판가름해 주는 상대에게는 "역시, 그렇겠지요?"라며 수락의 낯빛을 보이지만 속내로는 '이것도 저것도 틀리지 않나?' 하는 의구심을 떨쳐버리지 못한다. 태어난 곳은 태생지일 뿐 고향이 될 수 없다는 곳, 만주의 그 어느 곳이 나에게는 진짜 고향이 된다는 고집을 버리기 싫기 때문이다.

연어의 생리는 괜스레 눈물겹지. 수십만 리 먼 바다로부터 나침반도, 레이더도 없이 둥근 지구 표면을 쉬지 않고 헤엄쳐 와서는, 알에서 깨어났던 담수천 자갈 바닥에 몸을 눕히고 맑던 눈망울을 흐리는 이상한 물고기들. 나는 그 연어의 생리를 내 몸으로 체험해 봐서 알고 있는 사람이다.

만주의 어느 아름다운 전원 한 곳을 서툰 글로 길라잡이 해본다. 신의주에서 출발한 기차가 압록강 철교를 건너 안동(지금의 단동)에서 잠시 쉬었다가 떠난다. 귀에 설지만 안봉선安奉線의 시발점에서 출발한 것인데, 안봉선이란 안동과 봉천(지금의 심양) 간의 철로 이름이다. 기차는 북상해서 오룡배를 지나고 봉황성, 초하구 역을 지나니 천산산맥의 높은 지경에 이르러 연산관을 넘는다.

이제부터 신나게 내리달아 묘아구를 후딱 통과해서 본계역도 지나면 거기 쑥빛 닮은 물이 콸콸 흐르는 강이 보이는데, 그 이름은 서글프게도 태자하太子河다. 그러나 낚시를 잘하시던 아버지는 그 쑥색 강물의 반은 물고기라 하셨지. 갑자기 시야가 트이고, 붉은 황토 이곳저곳에 새파란

16

클로버의 융단 같은 언덕이 널리는 곳. 신의주로부터 직선거리 70킬로미터를 북상한 고향 땅, 바로 '본계本溪 낙원'이다.

키 큰 고량들이 열병식을 하고 올해따라 유난히 크게 익은 옥수수 밭이 밀어를 속삭인다. 한번 그 속으로 들어가면 길을 잃게 된다고 어른들로부터 귀에 못이 박히도록 주의를 듣던 광활한 강냉이 밭이다. 그 대신 남쪽 방향에는 질펀하게 익은 참외가 꿀 같은 향내를 피우는 좋은 밭이 깔려 있다. 토마토의 빨간 알알들은 예뻤으나 그 잎새의 냄새는 역겹다. 하늘은 너무 짙푸르게 밝은데 거기 엄숙히 떠 있는 뭉게구름들. 점잖게도 모양과 빛깔을 바꿔가며 기차역 방향으로 이동하던, 눈이 시리도록 아름다운 구름 친구들을 나는 잊지 못한다.

자가용을 타고 귀가하시던 아버지의 입에서는 역한 술 냄새가 풍겼지만, 와르르 쏟아 주시던 과자와 국화빵은 형제들의 입에서 환호를 터뜨리게 했다. 할아버지, 할머니에게 곰살맞게 순종해 온 어머니는 동경 유학 출신의 엘리트 현대 여성으로, 사냥에서 돌아오시는 아버지를 마중 나가시곤 했다. 그 모습은 무척 작아 보였고, 특히 웃으실 때의 앞니는 크고 예뻤다.

끝없이 퍼져 나간 들판의 오곡은 모두 우리 식구가 먹을 양식. 겨울이면 설경을 바라보는 유리창 안의 집은 따뜻하고 포근했다. 여름의 강가 자갈밭은 맨발로 다니기에 불같이 뜨거웠고 잡아 올린 물고기는 비린내를 풍겼지. 누나의 꽈리 밭 위를 맴돌던 잠자리 떼의 반짝이는 날개에서는 알사탕을 싼 박지 벗기는 소리가 났다. 아무것도 모자람이 없던 만주

땅의 그 어느 곳 이야기다.

참외와 토마토가 지천으로 익어가고 점잖은 구름 속으로 꿩이 날아오르던 만주의 그 어느 곳은 그 뒤로, 꼬박 50년 동안 '죽의 장막'으로 발이 묶여버린다. 그러니까 여덟 살의 여름에 떠나서, 참 더러운 밑바닥 삶을 기어 다니며 할아버지, 할머니, 부모님은 물론 형과 아우를 죄다 저세상으로 보내고 외톨이가 되어, 나이만 환갑 띠를 두르게 된 내가 다시 본계를 찾아 나선 것은 반세기가 흐른 뒤였다.

물어물어 배낭객이 어느 산 굽이 하나를 돌아선 순간, 그 하늘빛과 구름과 흘러가는 물 소리, 그리고 내가 몸담고 있는 대기가 나를 일깨워주고 있었지. 알에서 부화한 연어가 수십만 마일을 돌아와 느끼는 그 탄생의 오르가슴 같은 것. 50년의 시공을 잘라내고 맞닿는 생리가 번쩍 눈을 뜨던 그 순간은 아무 말도 못하게 했지.

빈 터만 남은 옛집 주위를 참담한 시인 행색이 되어 거니는데 그날도 하늘빛은 여전히 푸르러서 서러워. 정지용 시인인가, 아니면 내 입에서인가 읊조려진 한마디.

"……먼 항구로 떠도는 구름."

대한민국학술원 회원 김동기

해 / 박두진

[맑고 고운 삶을 위한 영혼의 노래]

아침 이슬이 맺힌 숲이나 산 위로,
아침 안개가 서린 바다의 수평선 위로,
새빨간 태양이 푸른 하늘을 황금빛으로
밝히면서 솟아오르는 것을 볼 때마다
나도 모르게 이 〈해〉를 큰 소리로 낭송한다.

1934년 경북 안동에서 태어나 고려대 상과를 졸업, 1964년 뉴욕대와 1970년 하버드대
MBA 과정을 마쳤다. 고려대 경영대학장·경영대학원장·국제대학원장, 한국경영학회장, 한
국전력공사 사외이사, 하나로통신 이사장을 역임하고 현재 고려대 명예교수, 대한민국학술원
회원으로 활동 중이다. 저서로는 《현대마케팅원론》《현대유통기구론》《재화시대의 경영전략》
《하버드 경영사관학교》 등이 있다.

해

박두진

해야 솟아라. 해야 솟아라. 말갛게 씻은 얼굴 고운 해야 솟아라. 산 넘어 산 넘어서 어둠을 살라먹고, 산 넘어서 밤새도록 어둠을 살라먹고, 이글이글 앳된 얼굴 고운 해야 솟아라.

달밤이 싫어, 달밤이 싫어, 눈물 같은 골짜기에 달밤이 싫어, 아무도 없는 뜰에 달밤이 나는 싫어······

해야, 고운 해야, 니가 오면 니가사 오면, 나는 나는 청산이 좋아라. 훨훨훨 깃을 치는 청산이 좋아라. 청산이 있으면 홀로래도 좋아라.

사슴을 따라, 사슴을 따라, 양지로 양지로 사슴을 따라, 사슴을 만나면 사슴과 놀고,

칡범을 따라 칡범을 따라 칡범을 만나면 칡범과 놀고······

해야, 고운 해야. 해야 솟아라. 꿈이 아니래도 너를 만나면, 꽃도 새도 짐승도 한자리 앉아, 워어이 워어이 모두 불러 한자리 앉아 앳되고 고운 날을 누려 보리라.

20

맑고 고운 삶을 위한 영혼의 노래

나는 어린 시절부터 아버지와 형님, 누님으로부터 문학적 영향을 많이 받고 자랐다. 아버님께서는 일본 와세다대 법학부를 나오셨지만, 서재에는 수많은 문학 서적들이 꽂혀 있었다. 그래서 세계문학 전집, 일본문학 전집 등을 통해 세계적으로 유명한 외국 작가들의 작품들을 많이 읽을 수 있었다.

그러다가 해방 이후엔 서울의 경성여자사범학교를 졸업한 큰누님과 대구의 경북중학교(지금의 경북고등학교)를 졸업한 형님의 영향으로 주로 우리나라의 소설·시·평론 등을 많이 읽었는데, 그중에서도 일찍이 《문예文藝》지의 추천으로 문단에 등단한 형님의 영향으로 우리나라 시인들이 쓴 시집들을 형님 서재에서 많이 찾아 읽게 되었다.

김광림의 〈와사등〉, 김기림의 〈바다와 나비〉 등을 비롯해 김소월, 정지용, 이상화의 시를 탐독하다가 박두진, 박목월, 조지훈 등의 청록파 시인들의 시를 집중적으로 읽었는데 세 사람의 시 중에서 박두진 시인이 쓴 〈해〉가 가장 좋았다. 궂은일, 슬픈 일, 그리고 괴로운 일이 있을 때마다 나는 이 〈해〉를 낭송하면서 울적한 마음을 달랬고 희망과 용기, 그리고 삶의 의욕을 되찾곤 했다.

아침 이슬이 맺힌 숲이나 산 위로, 아침 안개가 서린 바다의 수평선 위로, 새빨간 태양이 푸른 하늘을 황금빛으로 밝히면서 솟아오르는 것을 볼 때마다 나도 모르게 이 〈해〉를 큰 소리로 낭송한다.

해야 솟아라. 해야 솟아라. 말갛게 씻은 얼굴 고운 해야 솟아라. 산 넘어 산 넘어서 어둠을 살라먹고, 산 넘어서 밤새도록 어둠을 살라먹고, 이글이글 앳된 얼굴 고운 해야 솟아라.

첫 구절에서는 생명을 잉태한 여인이 오랜 진통 끝에 한 생명을 탄생시키는 '순간의 환희' 같은 것이 넘쳐흐르는 것을 느낄 수 있다.

해야, 고운 해야, 니가 오면 니가사 오면, 나는 나는 청산이 좋아라.
훨훨훨 깃을 치는 청산이 좋아라. 청산이 있으면 홀로래도 좋아라.

아침 햇살을 받고 푸르디푸른 싱싱한 수목들이 찬란한 정기를 뿜어내는 청산은 바로, "구름은 가고 와도 산은 움직이지 않는다[雲去雲來 山不動]"라는 의연한 자세와 호연지기를 보여준다.

맨 마지막 구절을 보자.

해야, 고운 해야. 해야 솟아라. 꿈이 아니래도 너를 만나면, 꽃도 새도 짐승도 한자리 앉아, 워어이 워어이 모두 불러 한자리 앉아 앳되고 고운 날을 누려 보리라.

22

칠흑 같은 어둠에서 벗어나게 하여 산이고, 나무고, 꽃이고, 짐승이고 모두 화목하게 한자리에 모여 화합과 조화를 이루면서 불협화음不協和音을 아름다운 화음和音으로 만들어내는 거대한 심포니오케스트라처럼 한 폭의 웅장한 대자연의 서사시를 만들어내는 해의 창조력과 생명력에, 나는 완전히 매료된 적이 한두 번이 아니다. 이 시는 박력 있는 생명의 노래로서 우리 모두의 마음과 가슴을 찡하게 울리는 삶의 향수鄕愁와 리듬과 호소력을 강하게 풍긴다.

나는 〈해〉의 영향을 받아 시를 쓰기 시작하여, 50년대 중·고등학생들이 애독하던 종합 교양지 《학원學園》이 1954년에 제정한 제1회 학원문학상 시 부문에서 마침내 〈기旗〉라는 시로 수상하는 영광을 얻었다.

너를 볼 때마다
파란 연기처럼 오르고 싶은 마음
나는
너의 호흡이
너의 세계가
못 견디게 그리워서
그만 네가 되어본다
너는 나를 키워준
또 하나의 어머니
비록 旗는 바람에 찢기고

눈보라에 헐리었어도

여기 내가 旗를 올리면

旗는 또한 나를 올린다.

펄럭이는 〈기〉는 솟아오르는 해로서, 나의 영혼을 맑고 곱게 정화시켜
준다. 그리하여 해는 내 마음속에서 날마다 찬란하게 솟아오르고 있다.

중앙일보 대기자 · 작가 김영희

미뇽 / 괴테

[레몬꽃 피는 따뜻한 남쪽 나라에 대한 동경]

"켄스트 두 다스 란트(Kennst du das Land)"로
시작하는 〈미뇽〉을 읊거나 노래로 들으면 마음이 설렌다.
그래서 '나의 이탈리아'를 찾아 나서게 된다.
괴테의 이탈리아는 알프스 너머에 있는데,
'나의 이탈리아'는 어디에 있을까.

1936년 경남 거창에서 태어나 미국 조지메이슨대 철학과와 미주리대 언론대학원을 거쳐 콜럼비아대 언론대학원을 마쳤다. 〈중앙일보〉에서 워싱턴 특파원, 수석 논설위원, 편집국장, 상무 · 전무 · 부사장 대우 대기자를 역임하고 상임고문 겸 국제 문제 대기자로 활동 중이다. 2002년 단편소설 〈평화의 새벽〉으로 《문학사상》 신인상을 수상하며 등단했다. 저서로 《워싱턴을 움직인 한국인들》 《페레스트로이카 소련기행》 《마키아벨리의 충고》 등이 있다.

미뇽

괴테

그대는 아는가, 레몬꽃 피는 나라를
무성한 잎들 사이로 황금빛 오렌지 빛나는 나라
푸른 하늘에서 산들바람 불어오고,
미르테 나무 고요하고, 월계수 높이 자란,
그대는 아는가, 그 나라를
그리로! 그리로!
오, 내 사랑, 그대와 함께 가고 싶어라

그대는 아는가, 그 집을? 지붕이 홀을 덮고,
홀은 눈부시게 빛나고, 방에서는 불빛 흐르고,
대리석 석상들 늘어서서 나를 바라보는 그 집을?
너 가엾은 아이야, 무슨 일이냐?
그대는 아는가, 그 집을?
그리로! 그리로!
오, 나의 보호자여, 그대와 함께 가고 싶어라!

26

그대는 아는가, 저 산과 구름 덮인 오솔길을?

나귀가 안개 속에서 길을 찾고,

동굴 속에 나이 든 용의 무리가 살고,

바위가 구르고 그 위로 물결 춤추는

그대는 아는가, 그곳을?

그리로! 그리로!

오, 나의 아버지, 그리로 가고 싶어요!

레몬꽃 피는 따뜻한 남쪽 나라에 대한 동경

지중해 연안에 대한 북부 유럽인들의 동경은 남다르다. 특히 독일인들은 지중해 주변 국가들 중에서도 이탈리아를 가장 좋아한다. 2003년 여름, 독일 총리 게르하르트 슈뢰더가 이탈리아에서 휴가를 보내려고 했던 것도 독일인들의 그런 전통적인 취향 때문이다. 슈뢰더는 이탈리아 총리 베를루스코니의 망언 사건으로 이탈리아 휴가 계획을 취소했다.

순번에 따라 2003년 8월부터 유럽연합(EU) 의장국이 된 이탈리아의 베를루스코니 총리는 이탈리아의 주요 언론을 거느린 미디어 황제이기도 하다. 그에게는 늘 미디어 파워를 정치적으로 악용한다는 비판과 비리 혐의가 따라다녔다. 그래서 슈뢰더 총리가 이끄는 독일 사회민주당 출신의 유럽의회 의원, 슐츠라는 사람이 도덕성에 문제가 있는 베를루스코니가 유럽의회 의장이 되는 데는 문제가 있다고 시비를 걸었다.

이에 화가 난 베를루스코니가 그만 큰 망언을 날렸다.

"내 친구 중에 나치스 영화를 만드는 사람이 있는데 당신은 그 영화에서 나치스 강제수용소의 감시 역을 맡으면 제격이겠구먼."

여기서 "당신"은 물론 슐츠다. 나치스와 관련된 인신공격은 독일인들에게 최대의 모욕이다. 슈뢰더는 독일인들의 정서랄까 나치스 열등감을 고려하여 이탈리아 휴가를 포기했다. 그런데 묘한 일이 일어났다. 독일인들의 66퍼센트가 총리의 이탈리아 휴가 취소를 지지하면서도 자신들은 모두 예정대로 이탈리아 휴가를 즐긴 것이다. 이탈리아에 대한 독일인들의 향수는 바로 이런 것이다.

문호 괴테(1749~1832)도 예외가 아니었다. 그의 이탈리아에 대한 향수는 독일문학사에 큰 족적을 남길 정도로 강렬한 것이었다. 이탈리아를 여행했던 아버지한테서 어린 시절부터 이탈리아 이야기를 자주 들었고, 거실 벽에 걸려 있는 로마 전경도全景圖, 이탈리아 지도, 베네치아의 곤돌라 모형, 작은 대리석 석상과 박물표본들이 어린 괴테의 상상력을 자극했던 것이다.

괴테는《젊은 베르테르의 슬픔》의 작가요, 젊은 시절 '질풍노도(Sturm und Drang)'의 문예사조에 심취했던 사람이다. 그는 이십 대에 바이마르 영주領主의 초빙을 받아 10년 동안 정치에 투신하여, 재상 자리에까지 올랐던 인물이다. 훗날 이탈리아 여행에서 돌아온 괴테가 '독일 고전주의'라는 건물을 짓는 데 큰 기둥 하나를 세웠다면, 결과적으로 바이마르의 10년은 괴테에게 질풍노도와 고전주의의 '시간적 중간 지대'라고 하겠다.

괴테가〈미뇽〉에서, 사랑하는 사람과 함께, 아버지와 함께, 가엾은 아이와 함께 가고 싶다고 노래한 그 나라가 바로 이탈리아다. 음울한 잿빛 하늘을 이고 있는 게르만의 땅에서 알프스를 넘으면 레몬꽃 만발하고 황금빛 오렌지가 따뜻한 태양 아래 눈부신 남쪽 나라가 바로 이탈리아인 것이다. 고대 로마 문명과 르네상스 예술이 살아 숨 쉬는 고장, 대리석 석상들이 서 있고 넓은 정원에는 레몬꽃 향기 그윽한 저택들, 부드러운 구름에 덮인 오솔길은 끝없는 이야기들을 전한다. 동굴 속 용에 관한 전설은 어

린이들의 마음을 사로잡는다. 바닷가에 가면 바위를 희롱하는 파도 소리
가 그치지 않는다.

괴테는 서른일곱 살이 된 1786년, 피서지 카를스바트에서 마침내 여행
가방과 오소리 가죽 배낭만을 꾸려가지고 1년 9개월이나 걸리게 될 이탈
리아 여행 길에 올랐다.

〈미뇽〉은 괴테의 《빌헬름 마이스터의 수업 시대》(1796)에 나오는 시다.
빌헬름은 상용商用 여행길에서 이탈리아 출신 떠돌이 소녀 '미뇽'을 만나
그녀를 도와준다. 뒷날 작곡가들이 〈미뇽〉에 곡을 붙였다. 그중에서 대표
적인 것이 슈베르트의 것이다. 오늘날에는 소프라노 군둘라 야노비츠와
바바라 보니가 부른 CD로 널리 보급되고 있다.

몇 년 전, 가족들과 함께 북한을 탈출한 김만철 씨가 한국에 무사히 도
착하여 "우리는 따뜻한 남쪽 나라에 오고 싶었습네다"라고 말했을 때, 나
는 괴테의 〈미뇽〉을 떠올렸다. 남한을 동경하는 북한 사람들에게 휴전선
은 알프스보다 더 높고 험준한 장벽인가.

"켄스트 두 다스 란트(Kennst du das Land)"로 시작하는 〈미뇽〉을 읊거
나 노래로 들으면 마음이 설렌다. 그래서 '나의 이탈리아'를 찾아 나서게
된다. 괴테의 이탈리아는 알프스 너머에 있는데, '나의 이탈리아'는 어디
에 있을까. 어쩌면 독일의 낭만파 시인 카를 부세(Karl Busse, 1872~1918)
의 명시 〈산 너머 저 멀리〉가 그 대답일지도 모른다.

산 너머 저 멀리

행복이 있다기에

아, 그래서 나도 모두와 함께 갔다가

눈물 흘리며 돌아왔네

산 너머 더욱 멀리 멀리 행복이 있다기에.

'나의 이탈리아'는 플라톤의 이데아의 세계와 같이, 칸트의 누메나
(Noumena, 실체)의 세계와 같이 끝내 도달할 수 없는 이상향인가. 그래서
나는 〈미뇽〉을 들으며 눈물만 흘려야 하는가.

문화 비평가 · 영산대 교수 **김**용석

얼레지 / 김선우

[4행간行間에 불어제친 바람의 진실]

시간의 흐름을 되돌려가며 시를 읽기보다는,
시대와 동반하며 시를 읽고 싶다는 의욕이 솟았다.
어쩌면 시인이든 시의 독자이든, 시라고 하면 서둘러
향수의 대상으로 삼으려는 경향에 대한 뾰로통하는
심술 때문인지도 모른다. 어쨌든 나는 오늘의 시대를
사는 젊은 시인의 시를 선택했다.

1952년 부산에서 태어나 로마 그레고리안대 철학과를 졸업하고 1989년에 석사, 1993년에
박사 학위를 받았다. 동 대학 철학과 교수를 지내고, 현재 영산대 자유전공학부에 재직하면
서 문화 비평가로 활동하고 있다. 저서로 《문화적인 것과 인간적인 것》《미녀와 야수 그리
고 인간》《깊이와 넓이 4막 16장》《일상의 발견》 등이 있다.

얼레지

김선우

옛 애인이 한밤 전화를 걸어왔습니다

자위를 해본 적 있느냐

나는 가끔 한다고 그랬습니다

누구를 생각하며 하느냐

아무도 생각하지 않는다 그랬습니다

벌 나비를 생각해야만 꽃이 봉오리를 열겠니

되물었지만, 그는 이해하지 못했습니다

얼레지……

남해 금산 잔설이 남아 있던 둔덕에

딴딴한 흙을 뚫고 여린 꽃대 피워내던

얼레지꽃 생각이 났습니다

꽃대에 깃드는 햇살의 감촉

해토머리 습기가 잔뿌리 간질이는

오랜 그리움이 내 젖망울 돋아나게 했습니다

얼레지의 꽃말은 바람난 여인이래

바람이 꽃대를 흔드는 줄 아니?

대궁 속의 격정이 바람을 만들어

봐, 두 다리가 풀잎처럼 눕잖니

쓰러뜨려 눕힐 상대 없이도

얼레지는 얼레지

참숯처럼 뜨거워집니다

4 행간行間에 불어제친 바람의 진실

김선우 시인의 〈얼레지〉를 읽으면서 '반말과 존댓말이 한데 어우러져도 시의 운韻이 될 수 있구나' 하는 느낌을 받는다. 그건 그저 느낌일 뿐이다. 시인도 아니고 평론가도 아닌, 영원한 애시자愛詩者일 뿐인 내가 느끼는 것이니까 말이다. 그건 철학이라는 학문을 한답시고 지자智者는 못되고 영원한 애지자愛智者로 남을 사람의 직관에 지나지 않는 것이다.

내 느낌을 전하면, 시의 행을 따라 존댓말과 반말이 서로 유희한다. 다소곳한 존댓말과 은근히 또는 대놓고 지르는 반말이 서로 게임을 하고 있지 않는가. 존댓말로 된 행들은 모두 '~다' 로 끝나서 개음으로 열려 있는 것 같지만, 사실 앞에 'ㅂ' 받침 자물통을 달고는 '~습니다' 로 마무리해, 폐음으로 자꾸 뭔가를 닫고 있다.

그러나 닫힘에도 틈새는 있는 법. 그 틈새들을 능멸의 반말이 이리 지르고 저리 지른다. "열겠니", "여인이래", "아니?", "만들어", "눕잖니".

시인의 이 심각하면서도 명랑한 말놀이는 매력적이다. '놀이하는 인간(Homo ludens)' 이라는 말이 있지만, 나는 시인을 위해 선뜻 '포에타 루덴스(poeta ludens, 놀이하는 시인)' 라는 말을 발명한다. 놀이하는 시인이 겉으로 드러내는 가벼움은 시의 모양새에 머물 뿐이다. 시의 내용으로 들어가면 존댓말과 반말이라는 형식이 담고 있는 것들은 서로 심하게 갈등한다. 그들은 거의 전장戰場에 있다. 처음의 행들에서 읽을 수 있듯이 존댓

말은 강압적 물음에 대한 공손한 답인 듯하다. 하지만 그 답은 뒤로 갈수록 자신감 넘치는 오만과 경멸의 의지를 담고 반말로 격정적인 맞바람을 일으킨다.

　해토머리 습기가 잔뿌리 간질이는
　오랜 그리움이 내 젖망울 돋아나게 했습니다

　다소곳하고 수줍은 사춘기 소녀의 표현이다. 하지만 그것은 마지막 공손함일 뿐, 이내 시인의 내면 의식과 의지는 바람을 불러일으킨다.

　얼레지의 꽃말은 바람난 여인이래
　바람이 꽃대를 흔드는 줄 아니?
　대궁 속의 격정이 바람을 만들어
　봐, 두 다리가 풀잎처럼 눕잖니

　이 행들에서 한 방향으로 일관되게 불어오는 바람의 상승적 힘을 피부로 접하며 압도당하는 건 나만의 느낌일까? 4행간行間을 관통해 불어제친 바람은 시의 말미에 가서 잦아든다. 하지만 그냥 잦아드는 게 아니다. 바람은 감히 범접하지 못할 무게로 지표에 잦아들며, 이제 시인은 모두가 들을 수 있도록 정중하게 자신의 말을 한다.

쓰러뜨려 눕힐 상대 없이도

얼레지는 얼레지

참숯처럼 뜨거워집니다

〈얼레지〉는 운韻이 없을 것 같으면서도 운이 있고, 산문시처럼 시작해도 다정다감한 시어들이 살려주는 서정성이 있다. 무슨 의미를 전하는지 굳이 파헤치지 않아도 행을 따라 시인이 전하는 의미를 포착하는 데 별로 힘이 들지 않는다. 적당히 기분 좋게 시를 음미할 수 있어서 나름의 매력이 있다.

전문 평론가들이 시가 전하는 의미들을 잘 설명해 줄 것이지만, 나는 돌연 19세기 초 '괴짜' 철학자 막스 슈티르너(Max Stirner)의 '유일자唯一者 사상'이 머리에 떠오른다. 아무것에도 구애되지 않고 복속되지 않는 '나'를 지키려 했던 철학자가 생각나는 게, 꼭 '꿈과 다른 해몽'은 아닌 듯싶다. 최근 시인은 《나의 시》라는 '시론詩論 아닌 시론'에서, "내게 중요한 것은 나를 지키는 일이지 시를 지키는 일이 아니다"라고 선언한다. 하지만 그것이 슈티르너와 마찬가지로 아나키(anarchy)의 씨앗일지언정 섣부른 유아독존이나 이기주의를 뜻하지는 않는다.

시인은 시와 함께 하는 삶이 매혹적인 이유를 이렇게 말한다.

"나와 우리의 상처를 치유하고 소생의 입김을 불어넣고자 하는 열망을 품은 방언이라는 점에서 시는 여전히 매혹적이다."

"세상에 대한 냉소와 방관으로 시들어가던" 그의 몸에 이미 시가 젖을 물렸고 다시금 꿈꾸라고 요구했기 때문이다. 시는 그에게 "세상 쪽에서 견디라고" 한다. 그래서 그는 시 속에 순종과 경멸의 언어를 뒤섞어놓는다. 순종은 세상의 힘이 요구하는 것이고, 경멸은 나의 힘이 욕망하는 것이기 때문이다. 그러고는 사람들이 흔히 잊고 있는 묘한 사실을, 꽃대궁 속의 격정으로 바람을 만들어 일러준다. 사람들이 잘 잊고 있는 건 이런 거다. 그 아름다운 순종이 경멸을 잉태할 수 있다는 것 말이다.

시인은 '능멸'이라는 표현을 좋아하던가. '염천炎天을 능멸하며 핀다는' 능소화凌霄花를 즐겨 읊는 걸 보니 그런가 보다. 능멸의 가냘프나 예리한 힘으로 시인은 엄청 힘센 세상에 싸움을 건다. 그래서 그는 불경不敬의 언어를 준비하는 전략을 짠다.

"자위를 해본 적 있느냐".

우리 문화가 성행위의 관능적 표현이나 변태적 묘사보다도 자위에 대한 언급을 잔뜩 감금해 놓고 있다는 걸 영리한 시인은 알고 있다. 이미 오래전 마지막 고대인古代人 성聖 아우구스티누스가 깨닫지 않았던가. 모든 외설은 예술의 형식으로서만 일상적 삶의 동반자가 될 수 있다는 걸. 현대의 시인은 이 깨달음을 실천에 옮기고 있는 것이다. 그래서 시인의 다른 시들에서도 야하고 관능적인 언어들이 성性 담론을 겨냥하고 있는 게 아니라, 정 깊은 인생관을 감싸 안은 우주적 차원에 걸쳐 있다고 하는 건 진부한 사족이 되리라. 바람을 일으키는 대궁의 격정이 이미 우주적이지 않은가. 하늘을 가로지르는 힘을 만들고 있으니 말이다.

이제 사연을 털어놓아야겠다. '나를 매혹시킨 한 편의 시'로 〈얼레지〉

를 선택한 사연을. 시는 항상 사람을 매혹시킨다. 그렇지 않다면 시가 아닐지 모른다. 그래서 시구는 외우는 게 아니라, 절로 뇌리에 남게 되는 것 같다. 그러니 선택할 시가 얼마나 많겠는가.

사춘기 때 조로早老하여 김상용 시인의 〈남南으로 창窓을 내겠소〉에 나오는, "왜 사냐건 / 웃지요"라는 구절을 무척 좋아했다. 이 한마디에 뭇사람이 침묵해야 한다는 걸 느꼈을 땐 참 대단했다.

'목월木月에게' 라는 부제가 붙은 조지훈 시인의 〈완화삼玩花衫〉의 한 구절, "구름 흘러가는 / 물길은 칠백 리七百里 / 나그네 긴 소매 꽃잎에 젖어 / 술 익는 강마을의 저녁노을이여 / 이 밤 자면 저 마을에 / 꽃은 지리라"를 읊다 보면 자연스레 그의 다른 시 〈낙화〉에 나오는 구절에 이어지지 않을 수 없다. "꽃이 지는 아침은 / 울고 싶어라." 목월이 저 유명한 〈나그네〉로 화답하지 않을 수 없었으리라.

왜 애송시는 과거의 창고에만 있는가 하는 괜한 질문을 어느 순간 하게 됐다. '오래 간직해 온 것이니까 애송시지' 하고 답변을 만들어보기도 했지만, '앞으로 간직할 시도 애송시다' 라며 대충 자기변명을 하고는 '앞으로 돌아' 를 시도해 보았다.

시간의 흐름을 되돌려가며 시를 읽기보다는, 시대와 동반하며 시를 읽고 싶다는 의욕이 솟았다. 어쩌면 시인이든 시의 독자이든, 시라고 하면 서둘러 향수의 대상으로 삼으려는 경향에 대한 뽈뚝하는 심술 때문인지도 모른다. 어쨌든 나는 오늘의 시대를 사는 젊은 시인의 시를 선택했다.

그러다 보니 시인도 내 마음을 읽었을지 모른다는 상상을 해본다. 첫

40

시집에 실린 마지막 시 〈시간은 오래 지속된다〉에서 시인이 맞장구를 치기 때문이다.

"서둘러 노스텔지어를 말하지 말라……. 자작나무에 기대어서만 자작나무를 말할 일이다."

서둘러 노스텔지어를 말하지 않을, 다음 시집의 첫 시는 무엇일까. 그 유혹에 내 서가는 열려 있다.

제16대 국회의원 김원웅

산경표 공부 / 이성부

[산 너머 또 산 거기, 어머니 평화!]

산의 눈으로 세상을 본다는 것은
어머니의 눈으로 세상을 본다는 뜻이다.
모났다고 거절하지 않고 모자란다고 저버리지 않는
어머니, 상처 입은 자식일수록 위로해 주시는 어머니,
그 어머니가 품은 평화의 품이다.

1944년 임시정부가 있던 중국 중경에서 독립지사의 장남으로 태어나 서울대 정치학과를
졸업, 14대·16대 국회의원으로 현재 환경노동위원회 위원, 나라와문화를생각하는모임 대
표, 민족화해협력범국민협의회 공동 대표로 활동 중이다. 저서로 《교육백서》《의원님들 요
즘 장사 잘돼요?》《SOFA 백서》 등이 있다.

산경표 공부

이성부

물 흐르고 산 흐르고 사람 흘러
지금 어쩐지 새로 만나는 설레임 가득하구나
물이 낮은 데로만 흘러서
개울과 내와 강을 만들어 바다로 나가듯이
산은 높은 데로만 흘러서
더 높은 산줄기들 만나 백두로 들어간다
물은 아래로 떨어지고
산은 위로 치솟는다
흘러가는 것들 그냥 아무 곳으로나 흐르는 것
아님을 내 비로소 알겠구나!
사람들 어디에서 와서
어디로들 흘러가는지
산에 올라 산줄기 혹은 물줄기
바라보면 잘 보인다
빈 손바닥에 앉은 슬픔 같은 것들
바람 소리 솔바람 소리 같은 것들
사라져버리는 것들 그저 보인다

산 너머 또 산 거기, 어머니 평화!

"매듭은 풀어야제 끊어내는 것이 아니여, 끊었다 다시 이은 실로는 바느질을 할 수 없는 법인께."

윤구병 선생의 《살아갈 날들을 위한 기도》에서 오랫동안 멈칫, 하게 만들었던 문장이다. 왜 그 단순한 문장이 오랫동안 마음 안에 머물렀을까. 내가 그 문장을 아름답게 느낀 것은 정신없이 사느라 어쩔 수 없이 잃어버린 문장이기 때문은 아니었을까.

그동안 나는 너무나 익숙해 있었다. '얽힌 매듭은 푸는 게 아니라 끊어내는 거'라는 논리에. 실제로 나는 얽힌 매듭을 단칼에 끊어냈다는 알렉산드로스 대왕의 '고르디아스의 매듭'을 사랑해 왔고 지금도 여전히 사랑하고 있다. 그런데 알렉산드로스 대왕의 결단력을 사랑하는 내게 찾아온 또 다른 사랑은 도대체 무엇일까……. 얽힌 매듭을 단칼에 끊어낸 알렉산드로스의 결단이 긴장감 속에서 힘을 결집시킨다면 얽힌 매듭을 풀고 또 풀면서 시간을 들이고 정성을 들이는 행위는 평화를 만들어낸다.

우리가 사는 시대에는 단칼에 매듭을 끊어내는 용단보다는 풀지 못할 것 같은 매듭을 풀고자 하는 인내가 더 필요하다. 결단의 힘보다는 인내의 힘이 더 절박한 시대이며, 힘의 평화보다 평화의 힘이 절실한 시대다. 찻길보다는 오솔길을 따라 걸어야 하는 시대다. 왜냐하면 물처럼, 바람처럼 자연스럽게 흐르지 못해 경련이 일어나는 시대니까. 살아 있는 것은 길을 찾아, 자기 자리를 찾아 흘러간다. 지리산을 너무 사랑해서, "서울 변두리 내 방과 내 가슴속 깊은 고향에 지리산을 옮겨다 놓았다"라는 지리산 시인 이성부 선생의 지리산 서시 〈산경표 공부〉는 여러 가지를 가르쳐준다.

살아 있다는 것은 흘러간다는 것이고 솟아난다는 것이다. 흐르지 못하고 솟아나지 못하면 기가 막혀 경련이 일어나고 마침내는 죽어간다. 흐르는 것은 아무 곳으로나 흐르지 않고, 솟는 것은 아무 곳으로나 솟지 않는다. 흐르는 것은 아래로 흘러 바다로 나가고 솟아나는 것은 위로 솟아 백두로 들어가는 것이다.

기도는, 제때에 길을 찾지 못하고 제대로 흐르지 못해 막혀 있는 존재의 슬픔을 보고 품어 위로하는 것이다. 물처럼, 바람처럼 흐르게 하고 산처럼 솟대처럼 솟게 하는 것이다.

8월 초, 나는 지리산에 들었다. 산 너머 산, 산 너머 또 산이 깊으니 복중 더위도 오히려 서늘했다. 그 산길을 따라 걷고 또 걸었다. 구름이 흐르고 바람이 흐르고 길이 흐르고 내가 흘렀다. 흐르는 땀도 거추장스럽지 않고 자주 찾아드는 허기도 반갑기만 했다. 흐르는 땀은 바람과 만나고 찾아드는 허기는 주먹밥과 만나고 나는 외로움과 만난다. 이런 외로움이야말로 자유라는 것을!

초가을 비 맞으며 산에 오르는
사람은 그 까닭을 안다

46

몸이 젖어서 안으로 불붙은 외로움을 만드는

사람은

(…)

이런 외로움이야말로 자유라는 것을

(…)

　　　　　　　　　　　　—이성부, 〈좋은 사람 때문에〉 부분

　나는 시인과 만나고 시심과 만나고 자유와 만난다. 피아골 산장에서 나
는 훔쳐 듣는다. '피아골 산장에서 들은 이야기'를.

　"산 좋아하는 젊은 남녀가 약혼 여행 삼아 지리산으로 들어왔지요. 20
여 년 전 일입니다. 여기 어디쯤 편편한 곳에 텐트를 치고 물도랑을 만들
고자 흙을 팠습니다. 한참 파 내려가던 사내가 그만 기겁을 하고 산을 내
려가 버렸습니다. 놀란 아가씨가 흙 파던 자리를 살펴보니 사람의 뼈가
솟아 있었지요. '벼엉신, 나를 두고 저만 혼자 도망가?' 아가씨는 이렇게
생각하고 주섬주섬 텐트를 거두어 내려갔답니다."

　그 이야기를 따라 나도 내려갔다. 지리산과 덕유산이 만나는 작은 평야
에 위치한 실상사實相寺에는 지리산의 눈으로 세상을 보자고 '지리산 평
화결사'의 길을 내고 있었다. 지리산의 눈으로 세상을 본다?

　《태백산맥》의 무대 지리산은 좌와 우가 서로를 향해 총을 겨눴던 대립
의 현장이다. 형제 사이에도 이념이 다르다는 이유로 칼부림이 났던, 이
상한 시대에 억울한 피 흘림으로 섬뜩했던 역사의 현장이면서 우리 정치

의 고질병인 지역감정의 분계선이기도 하다.

전라도와 경상도를 품고 있는 어머니 같은 산. 산신이 마고 할머니, 즉 어머니의 어머니인 넉넉한 산이었다. 그 산의 눈으로 세상을 본다는 것은 어머니의 눈으로 세상을 본다는 뜻이다. 모났다고 거절하지 않고 모자란다고 저버리지 않는 어머니, 상처 입은 자식일수록 위로해 주시는 어머니, 그 어머니가 품은 평화의 품이다. 좌와 우를 차별하지 않고 경상도와 전라도를 차별하지 않는다.

비구니와 수녀와 어머니들이 주축이 되어 어머니의 평화를 전하는 그 자리에서 나는 이런 이야기를 들었다. '아버지 지구!' 라고 하지 않고 '어머니 지구!' 라고 하는 이유에 대하여. 어머니 지구라는 말에는 조건 없이 베푸는 넉넉함이 들어 있다. 어머니는 한없이 베풀 수 있는 존재라고 믿었기 때문에, 이렇게 지구를 거칠게 소유하고 폭력적으로 독점하고 인정사정없이 착취해 온 것이라고. 그것은 모든 것을 주고 조건 없이 품으려는 어머니 마음을 가장 질 나쁘게 배반한 것이었다.

어머니의 자식이면서 어머니를 배반하는 우리, 이제 어머니가 아프다. 어머니가 죽게 생겼다. 어머니가 없으면 어디 가서 위로를 받을까. 어머니의 마음을 깊이 체현體現하여 어머니를 살려야 한다.

미움이 있는 곳에 사랑을! 벽이 있는 곳에 문을! 고통이 있는 곳에 위로를! 그렇게 막힌 곳을 뚫어주고 상처 난 곳을 처매주며 휑한 곳을 보호해 줘야 한다. 흘러야 하는 것을 흐르게 하고 솟아야 하는 것을 솟게 해야 한다.

내 안에 내가 몰랐던 씨앗 하나, '어머니 평화' 가 움트고 있다.

서양화가 **김**점선

릴리스 / 단테 가브리엘 로세티

[라파엘 이전으로 돌아가자]

수십 년이 흐르고,
어떤 친구네 서가에서 내 시집을 발견한다.
겉장이 찢어져 없어지고 빼곡히 내 글씨가 낙서된
나의 시집! 마치 사라져버린 내 청춘의 한 귀퉁이를
발견한 듯이 애잔해지는 나 자신!

1946년에 개성에서 태어나 이화여대 미술학과를 졸업, 제1회 앙데팡당전과 제8회 파리 비엔날레에 출품 후보 작가로 선정되었고, 1987년 예술평론가협회에서 주관하는 '올해의 예술가' 서양화가로 선정되었다. 2003년 서른 번째 개인전을 가졌다. 저서로 《나, 김점선》 《10cm예술》 《나는 성인용이야》 등이 있다.

릴리스

단테 가브리엘 로세티

아담의 첫 아내 릴리스에 관한 전설이 있다.

이브를 선물 받기 전에 그가 사랑했던 마녀.

뱀의 혀 이전에, 그녀의 달콤한 혀가 속일 수 있었다는,

또 그녀의 매혹적인 머리칼이 최초의 황금이었다는.

그런데 여전히 그녀는 앉아 있다. 지구는 늙었는데 젊은 모습으로,

그리고 교묘히 자기 자신을 관조하며,

남자들이 그녀가 짤 수 있는 빛나는 그물을 바라보도록 유혹한다.

마음과 몸과 생명이 포로가 될 때까지.

장미와 양귀비가 그녀의 꽃. 왜냐하면 오, 릴리스여,

풍기는 향내, 부드러운 키스와 부드러운 잠이

덫을 걸 그녀가 어디서 발견되지 않을 수 있으랴?

로스여! 그 청년의 눈이 그대의 눈을 보고 불탔을 때, 그대의 마력은

그를 꿰뚫었고, 그의 곧은 목을 구부리게 했고

그의 심장 둘레에는 교살하는 황금빛 머리칼이 한 가닥 감겨 있었다.

50

라파엘 이전으로 돌아가자

내 또래의 젊은 화가들이 그렇게 외쳤다.

백 년 전 영국에서, 왕립미술학교 학생들이 그렇게 말했다. 라파엘 이전의 소박한 예술로 돌아가자! 형식에 꽉 매인 대가들의 숨 막히는 그림들— 레오나르도 다빈치, 미켈란젤로 등의 어마어마한 대가들 이전의 멍청한 세계로 돌아가자! 감상적이고 맥 빠진 형식주의에서 깨어나자! 그들은 영국에서 그렇게 소리쳤다.

그 무렵 바다 건너 프랑스의 밀레가, 한국에서 프랑스의 국민 화가로 사랑받는 밀레가 바르비종으로 이사를 갔다. 영국에서 젊은이들이 소리치는 걸 들었는지 파리 근교, 소박한 시골로 짐을 싸서 옮겼다. 거기서 소박한 그림들, 한국의 이발소 그림이 된 그 유명한 〈만종〉, 〈이삭줍기〉 등을 그렸다. 내가 태어나기 딱, 백 년 전 유럽에서 일어났던 일이다.

내가 태어난 뒤, 고향에서 얼마 못 살고 부산으로 이사 가서 이발소에 머리 깎으러 가니까, 거기에 밀레가 바르비종에서 그린 〈만종〉과 〈이삭줍기〉가 싸구려 종이에 인쇄되어 걸려 있었다. 한국의 소박한 사람들까지도 무지막지하게 그 그림들을 좋아한 것이다. 그 그림들을 지겹도록 보면서 우리는 어린 시절을 보냈다. 밀레의 그림들은 조선 시대의 민화보다 더 깊숙이 우리의 민중미술이 되어버렸다.

대학 도서관에서 '라파엘 전파前派'라는 무리의 사람들에 대해 읽었다.

딱 내 나이 또래들이 모여서 그들의 생각에 무슨 파라고 이름 짓고는 선언하는 꼴(?)을 책에서 읽어낼 수 있었다. 도서관에서 외롭게 책이나 읽는 나 자신과 그들이 그때 비교되었다. 나는 문화의 변방에서 홀로 책을 읽으면서 남의 행적이나 구경하는 '꼴뚜기'였다. 그들은, 남의 황금을 많이 빼앗아서 나라에 쌓아놓은 해적 조상을 둔 부잣집 도령들이었다. 나는 눈깔 빠지게 책이나 읽어대는 초라한 자신을 바라보았다. 그들의 거들먹거림이, 그 패기가 부러웠다.

나는 우리나라 사람이 쓴 시나 소설 읽기를 조금 무서워한다. 우리 어머니가 소설가라면 우리 어머니 소설을 못 읽을 마음과 같은 이치다. 어머니의 소설을 존경하거나 사랑할 수도 있지만, 경멸하거나 그것에 대해 구역질이 날 수도 있는데, 만약 후자 쪽이라면 나는 내 평생을 엉망진창으로 복잡하게 살아야 하기 때문이다. 나는 우리나라에서 아무 데나 활기차게 다니고 아무나 만나면서 천진난만하게 살고 싶다. 내게 우리나라는 정신적인 청정 지역으로 남겨둬야 하는 나의 마을이니까. 거기서 건강한 자연인으로서, 원시적인 동물로서의 생애를 살고 싶으니까.

우리나라 문인들의 글을 읽고 길에서 자꾸 그들의 글이 떠오르면 난감하다. 그러면 나는 그들을 존경하거나 사랑하거나 경멸하거나 하는 감정이 생기지, 도무지 무심할 수 없기 때문이다. 그건 정신적인 오염이다. 나는 모르는 상태, 백지의 상태, 청정 상태로 두고 싶다. 우리 국민을 모두, 신선하게. 그래서 나는 우리나라 사람들 작품을 되도록이면 읽지 않으려고 애쓰는 것이다. 최윤이나 김혜순이 내 친군데, 내가 그들의 글을 미주

52

알고주알 다 읽어서 얼굴 볼 때마다 내 말에 그들의 언어가 인용된다면 우리의 관계는 어떻게 될까? 그래서 맘 편하게 프랑스 놈들이나 영국 놈들의 작품을 읽어댄다. 아무리 경멸하거나 구역질을 해대도 미안하지도 않고, 나의 그런 행위가 그들에게 전혀 상처가 되지도 않으니까.

결국 나의 책 읽기는 '심심풀이 땅콩'에다가 '골속 세포 체조'에 불과한 일상사니까 아무것이나 읽어서 골속만 자극하면 되니까. 더욱 좋은 건 내가 읽는 작가들은 이미 죽어서, 내가 아무렇게나 떠들어대도 유가족이라는 무리들에게조차 아무런 문제가 발생하지 않으므로.

라파엘 전파는 그림에다가 'PRB'라는 사인을 했다. 그들은 개인적인 이름보다도 '라파엘 전파 동지들'이라는 집단의 이름을 더 중요하게 생각했다. 길에서 거지 처녀를 데려다가 모델로 쓰기도 하고, 같이 극장에도 다니면서 파격적인 일상생활을 했고, 일생을 실험적으로 살고자 노력한 집단이었다. 그 무리 속에 '단테 가브리엘 로세티'라는 이탈리아식 이름을 가진 사람이 있었다. 그는 글쟁이이면서 동시에 화가였다. 앙리 미쇼가 그렇듯이.

나에게는 별 열정 없이 투잡(two job)족의 글을 채집하듯이 모아서 읽어대는 습관이 있다. 세상에는 좋은 시가 나무 잎사귀만큼이나 많다. 그렇게 많으니까 그냥 읽어댄다. 읽으면서도 그 시가 이 세상에서 제일 좋은 시라고 느끼지 않는다. 내 생애에서 제일 감명 깊게 읽은 시라고도 느끼지 않는다. 그냥 읽을 뿐이다.

단테 가브리엘 로세티의 그림은 아주 어릴 때 보았다. 붉은색 머리칼이 콧잔등을 덮고 있는 한 처녀가 몸을 비스듬히 앞으로 굽히고 머리를 쳐든

채, 눈을 반쯤 감고 깊은 생각에 잠겨 있는 아주 조용한 그림이다. 작품 해설에, 곧 죽음이 닥칠 시간을 알리는 상징물이 그림 내부 어딘가에 배치되어 있다고 쓰여 있다. 그의 그림을 처음 보는 순간 나는 비밀스럽고 감정적인 체험을 한다. 이 그림은 결코 우수한 그림은 아니다. 그런데 나는 개인적으로 이 그림에 미쳐버린다. 비밀처럼 오랫동안 이 그림을 좋아했다. 너무 유치하고 치사하게 감성적이어서 누구에게 드러내서 말하고 싶지 않다. 현대미술을 공부하는 미술학도로서 이따위, 거의 종교적인 그림을 좋아한다는 것은 내가 생각해도 나 자신을 이해할 수가 없는 일이다.

로세티의 조상은 이탈리아에서 망명했다. 그는 별 볼일 없는 화가다. 그래도 나는 그의 그림과 시가 좋다. 너무나 개인적이어서, 마치 덜떨어진 내 친구가 나에게만 보여주는 시와 그림 같아서 좋다. 엉성한 그의 업적은 아이러니하게도 라파엘 이전의 무명 예술가들과 닮아 있다. 그는 작품뿐만이 아니라 생으로 라파엘 전파를 이룩한 예술가다.

《장미와 나이팅게일》이라는 시집에서 그의 시를 읽었다. 그 책은 내 젊은 날의 시집이다. 이재호 선생님이 옮기고, 지식산업사에서 펴낸 책이다. 내가 여섯 번이나 책방에서 돈 주고 샀는데 지금은 한 권도 없다. 친구들이 놀러 오면 나는 이 시집에 대해서 막 떠든다. 그들은 그 책을 빌려 간다. 아무리 세월이 흘러도 돌려주는 친구가 없다. 수십 년이 흐르고, 어떤 친구네 서가에서 내 시집을 발견한다. 겉장이 찢어져 없어지고 빼곡히 내 글씨가 낙서된 나의 시집! 마치 사라져버린 내 청춘의 한 귀퉁이를 발견한 듯이 애잔해지는 나 자신! 그러나 친구는 기를 쓰고 안 준다.

54

MBC -TV 앵커

김주하

겨울산 / 황지우

[좋은 시는 힘이 된다]

〈겨울산〉의 문학성은 다치기 쉬운 가슴,
주체 못할 열정을 품은 젊음 안에서 온전하게 지켜진다.
그래서인지 황지우의 "겨울산"을 한 번이라도
다녀온 사람은, 겨울바람 찬바람은 묻어 있어도
얼굴엔 홍조가 한 아름 피어나 있다.

1973년 서울에서 태어나 이화여대 과학교육과를 졸업, 1997년 MBC-TV 아나운서로 입
사하여 〈아침뉴스 2000〉〈굿모닝 코리아〉〈피자의 아침〉〈앵커 출동〉을 진행했고, 2002
년 '한국아나운서대상' 앵커 부문을 수상했으며 2003년 '프로들이 선정한 우리 분야 최
고의 앵커 우먼'으로 선정되었다. 현재 〈MBC 뉴스데스크〉를 진행 중이다.

겨울산

황지우

너도 견디고 있구나

어차피 우리도 이 세상에 세 들어 살고 있으므로
고통은 말하자면 월세 같은 것인데
사실은 이 세상에 기회주의자들이 더 많이 괴로워하지
사색이 많으니까

빨리 집으로 가야겠다

56

좋은 시는 힘이 된다

이 시는 참 차갑다. 외우기에 넉넉할 만치 짧은 시지만 행간에 스민 차가움은 언제나 한겨울을 베어 물고 있다.

꿈도 많고 고민도 많은 대학 시절에 나는 이 시를 처음 알았다. 사람에 대하여, 미래에 대하여 또 가끔은 세상에 대하여 참 많은 생각, 꽤 오랜 고민을 지나며 마음이 여위어갈 때 나는 이 시를 만났다.

1990년에 나온 황지우의 네 번째 시집 《게 눈 속의 연꽃》은, 1980년대라는 정치적 격동기 속에서 어두운 시대를 향해 자조와 냉소로 일관했던 시인의 전작들과는 달리, 화해와 희망을 향해 일어서려는 그의 가능성이 담긴 책이다.

무신경하게 책장을 넘기던 손끝이 "너도 견디고 있구나"라는 첫 행에서 멈추었던 것으로 내 기억은 시작된다. 손사래를 치며 한참을 변명하던 아이가 속내를 들킨 것처럼 이 시의 첫 구절은 나를 당황하게 했다.

그래, 나도 견디고 있구나…….

무엇 때문에, 무엇을 향해, 그리고 또 얼마나 나는 견디어왔을까? 순간, 참 많은 생각이 머릿속을 지나고 참 많은 말들이 한참 동안 입 안에 머물렀다. 대개의 감동스러운 공감이 그러하듯 이내 가슴이 뭉클해졌다. 낮고 여위어가던 내 마음이 받은 그 간결한 인사는 파문이 일듯 따뜻한 공명이 되어 나를 다독여주었다.

시는 말한다. 너도 참 많이 힘든가 보구나. 하지만 다들 그래. 혹시 너무 오랫동안 꿈을 꾸었던 것은 아니니? 어쩌면 한참이라도 길을 찾아 나섰어야 했는데. 궁리만 말고 어디 한번 시작해 보렴.

시는 내게 그렇게 말했다. 이 작품의 차가운 시어들은 냉소로 일관하지만 그 어느 장황한 센티멘털보다도 충일한 염려와 당부를 담고 있다. "고통은 말하자면 월세 같은 것인데" "어차피 우리도 이 세상에 세 들어 살고 있으므로" 시구를 따라 이어서 적어보면, 마치 '피할 수 없다면 즐겨라'라는 하드보일드한 아포리즘이 기다리고 있을 것만 같다. 팍팍한 세상살이의 비린내가 물씬 풍긴다. 시인은 어려운 세상을 당연하리만치 명백한 객관으로 전제하고 그 다음을 묻고 있다.

  사실은 이 세상에 기회주의자들이 더 많이 괴로워하지
  사색이 많으니까

관념적인 방황에 대한 이 모멸 찬 일침은 참 많은 독자들의 얼굴을 붉히게 했을 것이다. 적어도 나는 그랬다. 이 시에서 나를 느끼게 한 부분이 '너도 견디고 있구나' 였다면, 나를 이끌어 한참을 생각하게 한 구절은 바로 이 대목이었다.

위악이 위선보다 현상에서 저열하지만 그 본질에서 순수한 것과 같이, 행동하지 않는 양심, 실천하지 않는 가치에 대한 메마른 야유를 도구로 하여 작가는 세상을 향한 불온한 화해보다는 건강한 불화를 권유한다.

58

빨리 집으로 가야겠다

세상과 불화하는 사람은 대답해야 할 것이 많다. 더불어 건사해야 할 가치도 많다. 집은 그에게 휴식과 충전을 제공한다. 그의 귀가는 도피와 침잠이기도 하고, 서둘러 얻고 싶은 평화와 미래이기도 하다. 집은 또한 이기와 꿈이 교차하는 곳이며 무엇보다 그가 가고 싶은 곳이다. 그래서 그는 의지를 갖고 이내 가려고 한다. 그는 움직이고 있다.

나는 이 시를 읽고 세상으로 향하는 발자국 소리를 들었다. 그 소리는 내가 낙담하고 지쳐 있을 때마다 여전히 내 귓가에서 타박타박 서성이고 있다. 저만치에서 성큼성큼 다가와, '지지 말고 이겨내라, 쉬지 말고 걸어가라' 하며 나를 채근한다.

여름을 준비하는 겨울은 그렇게 내게로 왔다. 날에 베일 듯 건조한 이 작품이 언제나 싱싱한 것은, 그 차가움에 스민 내밀한 연민이 길 위에 선 젊은이들을 향해 있기 때문일 것이다. 나이가 들수록, 지킬 것이 많아질수록, 이 스산하고 멋없는 글은 일상에 대한 당연한 스케치일 뿐이다.

〈겨울산〉의 문학성은 다치기 쉬운 가슴, 주체 못할 열정을 품은 젊음 안에서 온전하게 지켜진다. 그래서인지 황지우의 "겨울산"을 한 번이라도 다녀온 사람은, 겨울바람 찬바람은 묻어 있어도 얼굴엔 홍조가 한 아름 피어나 있다.

넉살 좋게 무슨 비평하듯 추켜 세운 이 시에 대한 기억에는 나만의 소박한 후일담이 있다. 대학 시절부터 지금에 이르기까지 하고많은 주변 사람들의 그 사연 많은 번민과 방황에 이 시만큼 건네기 좋은 문학적 응원이 없었다는 것이다. 돌아보면, 나는 그동안 이 시 한 편으로 얼마나 많은 청춘들의 한숨을 다독였는지 모른다. 참 뿌듯하고 보람찬 예술적 행보였다.

좋은 시 한 편은 참 힘이 세다.

결혼 정보사 듀오 대표 **김**혜정

너를 기다리는 동안 / 황지우

[너를 기다리는 동안 나는 너에게 가고 있다]

희망을 갖고 누군가를, 무엇인가를 기다리는 동안의
그 가슴 두근거림과 절망을 통해 우리는 성숙한다.
그리하여 마침내, 오지 않는
너를 찾아 나서는 일이 아름다워진다.

1964년 대구에서 태어나 서울대 독문과를 졸업, 1986년 대우그룹 홍보실, 1990년 대우
미국법인에서 회계를 담당했고, 1996년 뉴저지 주립대학에서 미국 공인회계사 자격을 취
득하였다. 2001년부터 현재까지 결혼 정보사 듀오의 대표이사로 활동 중이다.

너를 기다리는 동안

네가 오기로 한 그 자리에

내가 미리 가 너를 기다리는 동안

다가오는 모든 발자국은

내 가슴에 쿵쿵거린다

바스락거리는 나뭇잎 하나도 다 내게 온다

기다려본 적이 있는 사람은 안다

세상에서 기다리는 일처럼 가슴 애리는 일 있을까

네가 오기로 한 그 자리, 내가 미리 와 있는 이곳에서

문을 열고 들어오는 모든 사람이

너였다가

너였다가, 너일 것이었다가

다시 문이 닫힌다

사랑하는 이여

오지 않는 너를 기다리며

마침내 나는 너에게 간다

아주 먼데서 나는 너에게 가고

아주 오랜 세월을 다하여 너는 지금 오고 있다

아주 먼데서 지금도 천천히 오고 있는 너를

너를 기다리는 동안 나도 가고 있다

남들이 열고 들어오는 문을 통해

내 가슴에 쿵쿵거리는 모든 발자국 따라

너를 기다리는 동안 나는 너에게 가고 있다.

너를 기다리는 동안 나는 너에게 가고 있다

대학 다니던 시절이다. 그때 우리는 책방이나 음악다방, 또는 커피숍에서 만나기도 했지만 제과점 앞이나 극장 앞에서도 만났다. 그래서 약속한 사람이 오지 않으면 꼼짝없이 서서 기다려야 했다.

지금도 그렇지만 예전에도 나는 십 분쯤 먼저 나가서 기다리는 편이었다. 무슨 일로 누구를 기다렸는지는 잘 기억이 나지 않는다. 다만 그날 오래도록 기다렸다는 것, 날씨가 제법 쌀쌀했다는 것이 기억에 남는다.

종로에 있는 YMCA 건물 앞에서 아마도 나는 한 시간을 넘게 기다린 것 같다. 지금 생각하면 후훗, 하고 웃음이 나올 정도로 참 미련한 짓이었다 싶기도 하지만 그때는 다들 그랬다. 너나없이 다들 삼십 분 정도는 기다려주었다. 그때는 삼십 분 정도 늦게 오는 일이 흉이 아니었고, 오히려 삼십 분도 기다리지 못하고 가버리는 게 비난받는 때였다.

11월 중순쯤이었을까? 나는 그날따라 입성이 조금 허술했다. 옷을 따뜻하게 입고 나오지 못했던 것인데, 그렇게 십 분만 더, 십 분만 더 하면서 한 시간을 넘게 으스스 떨며 오지 않는 사람을 기다렸다. 그때는 그랬다. 그대로 가버리면 금방이라도 그 사람이 헐레벌떡 뛰어올 것 같았기 때문에 십 분만 더, 십 분만 더 하면서 기다리곤 했다. 그러니까 그때는 '너를 만나는 동안' 만큼이나 '너를 기다리는 동안'이 길었다.

황지우 시인의 시 〈너를 기다리는 동안〉을 읽은 것은 80년대 말이었다.

그때 어느 여성 잡지에서 읽고 가슴 깊이 공감했던 기억이 난다. 다만 그때는 "너를 기다리는 동안 / 다가오는 모든 발자국은 / 내 가슴에 쿵쿵거린다"라는 대목이 "너를 기다리는 동안 / 내게로 오는 모든 소리는 / 너의 발자국 소리다"로 되어 있었던 것 같다. 아마 시인이 시를 발표하고 난 후 고쳤거나, 아니면 내 기억이 잘못된 것이리라. 아무튼 그 대목이 참 좋았다. 단 한 번이라도 누군가를 기다려본 사람이라면 공감할 수 있는 구절이 아닐까. 누군가를 기다리는 동안 내게로 다가오는 모든 발자국 소리는 내 가슴을 밟고 오는 것처럼 쿵쿵거릴 것이다.

그러나 요즘은 그렇게 가슴이 쿵쿵거릴 만큼 누군가를 기다려본 일이 없다. 기다림을 견디지 못하는 것이다. 휴대폰이 있으니 한 시간은 너무 길고, 삼십 분도 참지 못한다. 십 분, 아니 일 분만 늦어도 바로 통화 버튼을 누른다. "지금 어디야?" 하고 말이다.

이제 기다림은 사라진 것이다. 일주일씩이나 걸려 상대에게 전달되는 편지를 써서 보내고 다시 일주일을 기다려 답장을 받던 일은 이미 전설이 되었다. 이제는 누구도 편지를 쓰지 않는다. 우리들 우체통을 가득 채우는 것은 오직 각종 청구서들뿐이다. 손으로 쓴 편지를 받아본 것이 언제였던가. 편지를 주고받는 데 걸리는 시간이 너무 길고 기다림을 견디는 우리의 인내는 점점 짧아졌기 때문이다. 너무 느린 편지를 대신해서 우리는 이제 이메일을 사용한다. 아니다, 이메일을 주고받는 것도 너무 지루하고 시간이 오래 걸린다고 생각해서인지 메신저를 사용한다. 즉시 커뮤니케이션할 수 있다는 편리함은 있지만, 그래서 나도 즐겨 사용하지만 그래도 우리 삶에서 잠시의 여유조차 사라진 것 같아 아쉽고 서운하다.

시인은 착어着語란 말로 아래와 같은 시작詩作 노트를 붙이고 있다.

기다림이 없는 사랑이 있으랴. 희망이 있는 한, 희망을 있게 한 절망이 있는 한, 내 가파른 삶이 무엇인가를 기다리게 한다. 민주, 자유, 평화, 숨결 더운 사랑……. 이 늙은 낱말들 앞에 기다리기만 하는 삶은 초조하다. 기다림은 삶을 녹슬게 한다. 두부 장수의 평경 소리가 요즘은 없어졌다. 타이탄 트럭에 채소를 싣고 온 사람이 핸드마이크로 아침부터 떠들어대는 소리를 나는 듣는다. 어디선가 병원에서 또 아이가 하나 태어난 모양이다. 젖소가 제 젖꼭지로 그 아이를 키우리라. 너도 녹 같은 기다림을 네 삶에 물들게 하리라.

기다림은 '오기로 한 약속' 이나 '올 것이라는 믿음' 을 전제한다. 네가 오기로 한 자리이기 때문에 내가 가서 기다리는 것이다. 너를 사랑하기 때문에, 너를 믿고 언젠가는 꼭 네가 올 것을 믿기 때문에 너를 기다린다. 그 약속과 믿음이 있기 때문에, 내게로 오는 모든 발자국은 내 가슴에 쿵쿵거린다. 내 가슴이 이다지도 두근거리는 것이다. 그렇다면 사라진 것은 기다림만이 아니다. 약속과 믿음도 어느새 우리들 삶에서 빠져나간 것은 아닐까?

이 디지털과 모바일의 시대에 아날로그 시절로 돌아가자는 이야기를 하려는 것은 아니다. 그럴 수도 없는 노릇이고. 다만 아날로그적인 감성과 여유는 여전히 유효하지 않은가 하는 생각을 해본다. 만남은 이미 디지털로 넘어갔다. 그러나 기다림은 여전히 아날로그에 머문다. 디지털적인 만남과 아날로그적인 기다림 사이에 우리가 서 있는 것은 아닐까? 그 간극이 너무 멀고, 지금은 아날로그적인 기다림이 들어설 자리가 없지만, 여전히 아날로그가 우리 삶의 중요한 한 부분인 것처럼 기다림의 가치도 여전히 유효한 것은 아닐까? 그것이 비록 우리 삶을 녹슬게 할지라도 말이다.

약속과 믿음이 사랑을 키우듯이 기다림은 우리 삶을 키운다. 기다림을 통해서 우리는 성장하는 것이다. 희망을 갖고 누군가를, 무엇인가를 기다리는 동안의 그 가슴 두근거림과 절망을 통해 우리는 성숙한다. 그리하여 마침내, 오지 않는 너를 찾아 나서는 일이 아름다워진다.

그러고 보니 요즘은 이 대목이 좋다.

오지 않는 너를 기다리며
마침내 나는 너에게 간다

그렇다. 기다리는 일은 어쩌면 너에게 가는 일인지도 모른다. 너를 기다리는 동안 나는 너에게 가고 있다.

국악음반박물관장 노재명

한담閑談 / 이응관

[심신을 청결하게 하는 시]

정기적으로 비디오나 오디오를 청소해 주는
클리너처럼 나는 방향을 잃을 때,
감정 조절이 안 될 때, 욕심을 덜고자 할 때,
중심을 잡고자 할 때 이 〈한담〉을 되뇌곤 한다.

1969년 서울에서 태어나 대유공전 건축과를 마치고 국악에 심취하여 수백 종의 국악 음반
을 기획, 제작하여 소중한 기록을 남겼다. 한국고음반연구회 회원이며 현재 국악음반박물
관장, 국악방송국 〈명인 명창 명음반〉 MC로 활동 중이다. 저서로 《판소리 음반 걸작선》
《판소리 음반 사전》 등이 있다.

한담閑談

이응관

인간사人間事 어느 구석에
불사르지 않고 일궈낸 밭이 있었던가.
쓰러지고 일어서는
세월의 숨결 또한 그렇지 않던가.
그러나 불태움도 증오라네.
정열로 위장된 파멸이라네.
사랑으로 가장한 미움이라네.
보게
구름밭 갈고
새 깃 흔적 무심히 지우는 허공의 넉넉함과
탁류濁流 안고 더욱 깊어가는
저 창해滄海의 푸른 살림살이는 어떤가.

새삼 놀랄 일도 아닌
바로 이런 살림을

어디 마음만 낸다고 아무나 하는 짓들인가.

이런 일은

큰 사람이,

아주 큰 사람이

천태산天台山 쯤에 토굴 파고

화전火田 일구어 감자 먹고

낮잠 자다가 홀연히 깨어

흙벽 바라보고 싱긋이 웃으며

혼자서

암, 혼자서

마쳐버릴 살림살이지.

심신을 청결하게 하는 시

1993년쯤이었던가? 어느 날 모친이 좋은 시를 발견했다며 보여준 것이 이응관 스님의 〈한담〉이었다. 나의 모친은 1992년 《중앙일보》 신춘문예에 시조 〈목수〉로 등단한 신희숙申喜淑 시인으로, 나는 평소 모친과 여러 문학작품에 대해 종종 담소를 나누곤 한다. 내가 종사하는 국악 분야의 가곡, 가사, 시조, 창에도 주옥같은 문학작품이 많거니와 동서고금을 막론한 명작시가 엄청나게 많지만, 나를 매혹시킨 시로 나는 제일 먼저 〈한담〉이 떠오른다.

이 시를 놓고 재밌게 얘기를 나눈 모친과의 추억이 있기에, 그리고 이 시가 나의 정서에 잘 맞기에 그렇다 할 것이다. 또 이 시를 통해 어제의 나를 되돌아보고 오늘의 나를 거울 보듯 들여다볼 수 있어서일 것이다. 1994년 나의 첫 번째 졸저 《신중현과 아름다운 강산》이라는 책에서도 이 시를 언급한 바 있어 이 시에 대한 인연과 기억은 각별하다 하겠다.

당시는 많은 사람들이 '국악' 하면 왠지 들어보기도 전에 고개를 돌려버리는 문화 풍토였다. 그래서 국악 원액(?)만 가지고는 안 되겠다 싶어, 대중음악 가운데 전통음악적인 요소가 가미된 것을 가지고 얘기해 볼 요량으로, 국악적인 록 음악을 추구한 신중현이라는 인물을 중심으로 1994년 우리나라 대중음악 연구서를 냈던 것이다. 그리고 굴곡 많은 신중현의 인생사 부분에 이 〈한담〉이라는 시를 인용했다.

72

소문에 의하면 이응관 스님은 이 〈한담〉을 발표하고 나서 몸담고 있던 절의 큰스님께 꾸지람을 들은 후, 다른 작품은 발표하지 않고 불교에 전념하고 있다고 한다. 큰스님은 끊임없이 심신을 수양하고 공부해야 할 사람이 세상에 나가 부질없는 일을 했다며 나무랐다는 것이다.

내가 불교 신자라서 이 시에 공감하는 것은 아니다. 나는 아직 종교를 갖고 있지 못한데, 어떤 인연이 있는 것인지 아내와 장모님이 독실한 불교 신자이고 처삼촌은 불교박물관 관장이며 처사촌은 얼마 전 스님이 되었다. 그리고 보면 스님이 쓴 〈한담〉과 나의 여러 인연 또한 한층 각별한 느낌이다.

나는 지금까지 18여 년을 국악에 몰두해 왔다. 요즘 텔레비전에 나오는 어느 광고의 "그냥 친구가 좋다"라는 말처럼 처음에는 왠지 국악의 매력에 이끌려 별 욕심 없이 깊이 몰입했고 지칠 줄 모르게 빠져 들었다. 국악이 왜 좋은지 어떤 거창하고 특별한 이유를 대라면 딱히 적합한 말이 떠오르지 않는다. '그냥' 좋을 뿐이다.

"왜 날 사랑하나요?"라는 질문에 대해 "아름다워서, 예뻐서, 성격이 좋아서, 착해서, 똑똑해서요"와 같은 말보다는 "그냥"이란 말이 더 적절한 답일 수 있을 것이다. 두뇌에 의한 판단이 아닌 마음에서 우러나는 진심일 거다. "어머니가 왜 좋나요?"라고 물었을 때 이유를 구구절절 댄다는 게 좀 우습고, 너무나 사랑하기 때문에 단 몇 가지 이유만으로 국한하기에는 아쉽고 아까운 것과 같은 이치일 것이다.

그런데 국악 일이 취미가 아닌 직업이 되면서 나는 국악 일에 다소 지치고 고독해지곤 하였다. 아무리 좋은 음반을 만들어도 5백 장이 채 안 팔리는 현실. 무술 세계로 표현하자면 태권도 9단 정도 수준의 최고 명인들을 엄선하여 음반을 기획해도 반응이 싸늘하기는 마찬가지였다. 만일 지구보다 문명이 훨씬 발달되어 있는 곳에 초능력 우주인이 존재한다면 그들은 이 높은 수준의 음악을 알아볼 것이고 안 사고는 못 배길 것인데, 역시 안 팔리는 걸 보면 이 우주에 지구인보다 우월한 생명체는 없는 게 아닌가 싶기까지 하였다.

이런저런 생각을 하다가 나는 이따금 이 〈한담〉을 되뇌며, 내가 지금 어딜 향해 가는가, 왜, 무엇을, 어떻게 해야 하는가 등을 곰곰이 떠올려 본다. 정기적으로 비디오나 오디오를 청소해 주는 클리너처럼 나는 방향을 잃을 때, 감정 조절이 안 될 때, 욕심을 덜고자 할 때, 중심을 잡고자 할 때 이 〈한담〉을 되뇌곤 한다.

창을 잘하는 명창은 못 되어도 판소리를 잘 들을 줄은 아는 귀명창이고자 늘 염원하는 나는 자동차, 도시의 기계 소음 등 여러 소리에 귀가 노출돼서 판소리를 빨아들이는 감각이 흐려지는 걸 바로잡기 위해 대명창 정응민의 녹음을 주기적으로 듣곤 한다.

중앙 무대, 관중의 환호성을 뒤로하고 시골에 묻혀 손수 농사를 지으며 오직 후학 양성에만 힘쓴 정응민 명창. 그리하여 타임캡슐에 넣어 보관해 놓은 듯, 관중의 눈치를 보지 않고, 세파에 물들지 않은 조선조의 웅장한 포효를 아주 제대로 품었던 정응민 명창.

오늘날 판소리의 정신적 지주라 할 수 있는 정응민은 20세기 판소리의

74

최고봉으로 일컬어지는 그의 스승 송만갑을 능가하는 서슬 퍼런 정신이 살아 있는 소리, 고독을 이겨낸 소리를 들려준다. 그 정응민의 소리를 통해 나는 귀를 청소하고 정신을 올바로 고쳐 잡는데, 이응관 스님의 〈한담〉 또한 나에게는 바로 그러한 존재인 것이다.

〈한담〉은 앞을 향해 정신없이 달리다가도 문득 뒤를 돌아보게 하고, 밤새워 초를 재며 바삐 일하다가도 잠시 여유를 갖게 한다. 혼란과 조급함으로 서성이다가도 "구름밭 갈고 새 깃 흔적 무심히 지우는 허공의 넉넉함"을 닮고자 마음을 차분하고 너그럽게 가져본다.

"화전 일구어 감자 먹고 낮잠" 자는 이가 부러워 몇 해 전에 전원에다 보금자리를 마련하였으나 아직 도시 문명에 대한 미련과 욕심이 남았는지 도심 아파트와 시골 전원주택에 양다리를 걸치고 있다. 역시 "마음만 낸다고 아무나 하는 짓"이 아니었다. 용기가 부족해서가 아니라 이는 분명 과욕 때문일 것이다.

눈시울을 적실 만큼 맑은 공기에 안겨 행복해하면서도 오히려 점차 도심 생활의 물질적 편리함에 더욱 몸이 끌리는 지금도, 여전히 정응민 명창의 판소리 〈수궁가〉, 그리고 이응관 스님의 〈한담〉이 나의 곳곳을 깨끗하게 청소해 준다.

어제와 오늘에 못 이룬 그것, 내일 혹은 먼 훗날에라도 "화전 일구어 감자 먹고 낮잠" 좀 자보고 싶다. 그리고 "홀연히 깨어 흙벽 바라보고 싱긋이 웃"을 수만 있다면.

의사 · 시인 **마종기**

울음이 타는 가을 강 / 박재삼

[시인의 딸과 애송시에 얽힌 에피소드]

낮에는 미국 사람으로 밤에는 한국 사람으로, 주중에는 의사로,
주말에는 시인으로 살아온 괴상한 생활에 길들어 버린 어느 날,
한 젊은 한국 여성이 전화를 걸어왔다. 저쪽에서는 주춤거리며
한국말로 내 이름을 확인하고 난 뒤, 자기는 며칠 전
미국 유학생의 아내로 이 도시에 왔는데……

1939년 일본 동경에서 태어나 연세대 의과대학, 서울대 의과대학 대학원을 졸업, 1966년 미
국으로 건너가 오하이오의과대학 교수를 지내고 톨레도아동병원 부원장 겸 방사선과 과장을
역임했다. 1959년 《현대문학》으로 등단했다. 현재 연세대 초빙교수로 '문학과 의학' 을 강의
하고 있다. 저서로 시집 《조용한 개선》《안 보이는 사랑의 나라》 등이 있다.

울음이 타는 가을 강

박재삼

마음도 한자리 못 앉아 있는 마음일 때
친구의 서러운 사랑 이야기를
가을햇볕으로나 동무삼아 따라가면,
어느새 등성이에 이르러 눈물나고나.

제삿날 큰집에 모이는 불빛도 불빛이지만,
해질녘 울음이 타는 가을 강을 보겠네.

저것 봐, 저것 봐,
네보담도 내보담도
그 기쁜 첫사랑 산골 물소리가 사라지고
그 다음 사랑 끝에 생긴 울음까지 녹아나고
이제는 미칠 일 하나로 바다에 다 와가는
소리 죽은 가을 강을 처음 보겠네.

시인의 딸과 애송시에 얽힌 에피소드

1966년 의대를 졸업한 뒤, 군의관 3년을 마치고 돈 많이 준다는 나라로 의사 수련을 떠났다. 더 이상 부모님께 기대기가 죄송스러웠기 때문이다. 그 오랜 세월을 나는 미국의 오대호 근처에 있는 오하이오 주에서만 살았다. 인턴과 레지던트 수련을 마치고 내가 존경하는 교수를 따라 신생 의과대학 교수로 부임한 곳이 톨레도라는 중소 도시다. 나는 결국 이 도시에서 30년 이상을 교수와 의사로 살아왔다.

낮에는 미국 사람으로 밤에는 한국 사람으로, 주중에는 의사로, 주말에는 시인으로 살아온 괴상한 생활에 길들어 버린 어느 날, 한 젊은 한국 여성이 전화를 걸어왔다. 저쪽에서는 주춤거리며 한국말로 내 이름을 확인하고 난 뒤, 자기는 며칠 전 미국 유학생의 아내로 이 도시에 왔는데 아버지가 이 전화번호를 주었다, 아버지의 이름은 시인 박재삼이다, 하는 내용의 이야기를 했다. 시인 박재삼이라는 말에 나는 뛸 듯이 반가워 한번 만나자며 전화번호를 받아 적었다.

시인 박재삼 선배는 나보다 나이도 5, 6년 위이고 문단에 나선 것도 5, 6년쯤 먼저다. 경상남도의 항구 삼천포에서 자라고 고려대학교를 다니다가 중퇴한 뒤, 선배가 월간 《현대문학》에서 말단 기자로 일하던 시절에 처음 만나 뵙게 되었다. 그 시절, 나는 문단 추천을 겨우 마치고 햇병아리 시인으로 혹시 시 청탁이라도 하나 안 해주려나 하고 종로구 효제동 근처의 어둑한 2층 사무실에 들렀다. 그 사무실의 마지막 의자에서 일하던 분이, 그나마 나를 반기며 악수를 청해 주던 다정한 박재삼 선배였다.

이 선배 시인은 몸이 가늘고 키가 크고 얼굴이 수려하게 잘생겼으며, 늘 싱글거리는 미소를 얼굴에 담고 있었다. 낮은 목소리의 따뜻한 경상도 사투리로 주위에 친구가 많았던 선배는 가끔 술이 거나해지면 우리 집에 들러주기도 했다. 그가 술이 적당히 취해서, "마형, 나가서 한잔합시다" 하던 조용한 말과 미소를 잊을 수가 없다.

며칠 후, 만나기로 약속한 어느 중국 요릿집에 미리 가서 출입구 쪽을 주시하며 '시인의 딸'을 기다리고 있는데, 아이고 맙소사, 선배 시인이 여장을 한 듯 선배와 너무나 비슷하게 생긴 한국 여자 분이 기웃거리며 들어오는 게 아닌가. 식사 중 내내 작고 예쁜 눈으로 수줍게 웃는 선배 시인의 딸을 보면서 오랜만에 선배를 만난 듯 반가웠던 그 기분이라니!

그로부터 2년 남짓 월세 아파트를 구해 주고, 의사를 소개해 주고, 시간 나는 대로 도와주기도 하면서 우리는 정도 많이 들었다. 선배 시인의 사위는 학위 공부를 하느라 정신이 없었기 때문에 언어와 사회생활에 익숙지 못했고, 매사에 예민하고 여리던 시인의 딸은 무척 외로운 생활을 할 수밖에 없었다.

그러던 어느 날 시인의 딸은, 2주일 동안 일시 귀국을 계획하고 있던 내게 부탁드리고 싶다며 보퉁이 한 개를 들고 우리 집에 들렀다. 그 보퉁이는 상당히 크고 무거워 보였는데 아버지께 꼭 드리고 싶은 선물이라며 간절히 청하는 눈빛이 하도 안쓰러워서 나는 그만 그 보퉁이를 전해 주겠다

80

고 허락하고 말았다.

당시 고국의 공항 세관원들의 검사는 무척 까다로웠다. 나는 되도록 짐을 덜 가져가 세관원의 으르렁거리는 소리를 피하려고 했는데, 내 가방을 샅샅이 뒤지던 세관원이 드디어 문제의 보퉁이를 들어내었다. 세관원은 대뜸 심문 조로 물었다.

"이거 굉장히 무겁네. 이게 뭐죠?"

나는 피곤한 머리를 정리하면서,

"아, 아는 사람이 전해 달라고 해서 받아 들고 온 것인데 내용물은 잘 모르겠습니다."

"선생의 가방에서 나온 이 보퉁이에 뭐가 들었는지도 모른다고요?"

그 큰 소리가 무슨 신호나 되었는지 근처의 다른 세관원들까지도 나와 내 가방을 둘러싸면서 보퉁이를 풀기 시작했다. 그러나 보퉁이는 얼마나 여러 번 꽁꽁 잘 쌌는지 좀처럼 열 수 없었고, 나중에는 칼로 자르고 끊고 하는데 어느 틈에 근처의 다른 세관원은 물론 짐 검사를 받던 승객들의 시선까지 집중되고 있었다.

그러던 어느 순간 테이프를 끊던 세관원 앞에 꽈르릉하는 큰 소리를 내면서 보퉁이의 내용물이 순식간에 모두 바닥에 쏟아졌다. 그리고 우리는 그 내용물의 전부가 적어도 백여 개는 될 만한 여러 가지 모양의 크고 작은 초콜릿인 것을 알게 되었다.

경계심을 늦추지 않고 흥미롭게 지켜보며 내용물을 궁금해하던 주위의 세관원들과 승객들은 잠시 얼이 빠진 듯 바닥에 흩어져 있는 초콜릿을 보다가 약속이나 한 듯 허, 허, 허, 하, 하, 하, 깔깔거리며 배를 잡고 웃기 시작했다.

긴장했던 나는 잠시 당황했지만 마음을 놓을 수 있었고, 짐 풀기에 열중하던 세관원도 어이가 없는지 "초콜릿이야"라고 중얼거리며 바닥에 떨어져 흩어진 수많은 초콜릿을 줍기 시작했다. 주위 사람들의 도움으로 흩어진 초콜릿을 다 주워 담고 얼결에 세관 검사를 끝낸 나는 서울로 들어오는 택시 속에서 갑자기 터져 나오는 웃음을 멈출 수가 없었다.

며칠 후, 우여곡절 끝에 가지고 온 문제의 초콜릿 한 보따리를 들고 박재삼 시인을 만났다. 점심이라도 같이 하자는 선배의 청으로 근처 설렁탕집에 들어갔다. 선배는 밥을 조금 먹다가 딸의 근황을 물었고 조금 더 먹다가 다시 물었다. 당신이 초콜릿을 너무 좋아해서 딸이 무례한 부탁을 한 모양이라고 말하는 눈에 눈물이 그렁그렁 고였다. 그 짧은 만남 후 선배는 자주 굵은 만년필 글씨로 쓴 편지를 주시더니 몇 해가 지난 뒤, 아직 이른 나이에 갑자기 돌아가시고 말았다. 그런 인연 때문인지 아니면 워낙 훌륭한 시인이었기 때문인지 나는 박재삼 선배의 시를 좋아했고, 1959년에 쓴 선배의 대표작 중의 하나인 〈울음이 타는 가을 강〉은 거의 외우다시피 하며 좋아하고 있다.

참, 문제의 그 시인의 딸은 이제 두 아들의 엄마가 되어 유능한 남편과 함께 행복하게 홍콩에서 살고 있다. 미국을 떠난 뒤 한 번도 다시 만나지 못했지만 지난 10여 년 동안 한 해도 거르지 않고 매해 우리 부부에게 따뜻한 사연과 함께 생일 카드와 크리스마스 카드를 보내고 있다.

성공회 신부 **민병옥**

사랑 / 조지 허버트

[누군가에게 꼭 필요한 사랑의 시]]

시몬느 베이유를 통해서 허버트의
〈사랑〉이라는 시를 알게 되었다. 글씨 잘 쓰는 학생에게
부탁하여 옮겨 적은 시를 액자에 넣고 늘 암송하곤 했다.
하느님과, 영혼과 마음으로 대화를 나누며 마음을 열어가는
인간의 모습이, 이렇게 단순하고 직접적인 표현으로
시가 될 수 있다는 사실이 어리둥절할 만큼 감동적이었다.

1946년 전북 전주에서 태어나 한일신학대와 성공회 사목원, 경성대 언론홍보대학원을 마
치고, 성공회 부산교구에서 어머니연합회 간사 및 전도사로 활동하다가 2001년 대한성공
회 최초의 여성 사제로 서품을 받았다. 현재 대한성공회 부산교구 장산 마태교회 보좌 신
부로 사무를 담당하고 있다.

사랑

조지 허버트

사랑은 말한다. 받아들이라고.
그러나 내 영혼은 의심과 죄에 휩싸여 뒷걸음친다.
하지만 눈치 빠른 사랑은
내가 들어가려다가 물러서는 것을 보고
다가와서 상냥하게 물었다.
무엇이 부족해서 못 들어오느냐고.

저는 여기에 들어갈 만한 손님이 못 됩니다
하고 대답하자 사랑은 말했다.
그대가 바로 그 손님이 되리라.
나는 인정머리 없는 배은망덕한 자일까?
아, 사랑이여,
나는 당신을 바라볼 수도 없습니다.
사랑은 내 손을 잡고 웃음을 띠며 말한다.
나 말고 누가 그대의 눈을 만들었을까?

그렇습니다 하느님. 저는 눈을 망쳐버렸습니다.

수치스러운 저는 어디든 가야겠습니다. 절 버려두십시오.

사랑은 말했다, 누가 그 멍에를 졌는지 모르느냐고.

사랑이여, 그렇다면 제가 몸을 바치겠습니다.

– 자 앉아서 내 살을 먹어라. 사랑은 말했다.

나는 앉아서 그리고 먹었다.

누군가에게 꼭 필요한 사랑의 시

시는 보석과 같다. 시는 오랜 세월의 인내와 고통을 작은 결정체 속에 숨기고 갖가지 아름다운 빛을 발한다. 그러나 시란 보석처럼 쓸모가 없다고 말한다면, 항의할 사람이 많을지 모르겠다. 내게 있어 시는 가슴 저린 이야기와 위로, 아름다운 감동을 주는 친구다. 그래서 한 편의 시를 읽기 위해 한 권의 시집을 산다.

중학생 때, 나는 문예반이었다. 문예반에 들어간 것은 글을 잘 쓰기 때문이 아니라 스스로 알아차릴 만한 재능이나 취미가 없었고, 책 읽기를 좋아한다는 것 때문이었다. 어느 날 문예반 지도 선생님께서 시를 두 편씩 써 오라고 하셨다. 모범생이었던 나는 망설이면서도 시 두 편을 써서 냈다. 그런데 제출하고 보니 나 혼자만 숙제를 해 와서, 망설이다 낸 시 두 편이 도마 위에 올랐다.

선생님께서 두 편의 시를 모두 흑판에 쓰실 때의 당황스러웠던 기분이 아직도 내게 남아 있다. 하나는 지금도 기억하는 〈비〉라는 짧은 시였고, 다른 하나는 온갖 미사여구를 가져다 나열한 〈들국화〉라는 시였다.

흑판에 시를 다 옮겨 적은 선생님께서 학생들에게 어느 시가 더 좋으냐고 물으셨다. 학생들은 모두 "〈들국화〉요"라고 말했다. 그러자 선생님께서는 "이건 시도 아니다"라고 하셨다. 갑자기 찬물을 끼얹은 듯 교실에 흐르는 정적……. 나는 후회와 부끄러움으로 숨이 멎는 것 같았다. 그리고 나서 선생님은 〈비〉를 가리키며 "좋은 시다. 시는 이렇게 써야 한다"라고 하셨다. 그제야 안도의 숨이 나왔다. 그 뒤는 잘 생각나지 않지만, 그때부터 글을 짧고 간결하게 쓰는 버릇이 생겼다. 이 버릇은 설교 준비를 하면서 많이 달라졌으나 아직도 남아 있다. 그러나 당시 시를 몇 편 써보기도 했지만, 소질도 없고 문학을 지망할 생각도 없었다.

고등학생 때는, 헤르만 헤세의 《나르치스와 골드문트(지知와 사랑)》라는 소설을 읽고 나서 친구와 함께 이야기하던 생각이 난다. 나르치스는 수도 원장으로 윤리적이며 냉철한 이성을 가진 철학자고, 골드문트는 욕망과 고뇌와 방황으로 일생을 보내며 창조적인 욕구를 실현하는 예술가다. 소설가를 지망하던 친구는 골드문트를 좋아했으나 나는 나르치스를 옹호했다.

60년대, 우리는 발레리와 보들레르의 시집과 헤르만 헤세의 《데미안》과 장 폴 사르트르, 알베르 카뮈를 열심히 읽었다. 아직도 잘 이해하지 못하는 하이데거의 《시간이란 무엇인가》라는 책을 붙들고 씨름했던 생각도 난다. 그러나 나는 친구들과 실존주의니 자살론이니 토론을 벌이면서도 무엇인가 허전해서 타고르 시집을 사고, 알베르트 슈바이처를 읽고, 아프리카에 갈 생각도 했었다. 불행히도 슈바이처는 65년도에 별세했지만.

그러다가 어느 날부터인가 나는 교회 안에 있었고, 신학을 공부하면서 신과 나와의 수직적 관계에 몰두해 있었다.

인생은 풀과 같은 것,

들에 핀 꽃처럼 한 번 피었다가도

스치는 바람결에도 이내 사라져,

그 있던 자리조차 알 수 없는 것.

그러나 야훼의 사랑은

당신을 경외하는 자에게 처음부터 영원히 한결같고

그의 정의는 후손 대대에 미치리라.

　　　　　　　　—《구약》, 〈시편〉 103장 15~17절

성서의 〈시편〉은 나의 기도였고, 예언서의 노래들은 찬양이었다. 그러면서 70년대 후반, 《여성의 신비》라는 책을 통해 여성학자 베티 프리단을 알게 되고, 《불꽃의 여자, 시몬느 베이유》라는 책을 통해서 베이유를 만나게 되었을 때, 나는 더 이상 수직적인 신앙에만 몰두할 수 없었다. 영혼이 흔들리는 충격을 받았다. 그러나 나약한 나는 가족의 만류에 주저앉아서 안주하고 말았다. 다만 왼손이 모르게 작은 봉사라도 하지 않으면, 마음이 불편해진다는 것이 무엇인지를 체득했을 뿐이다.

이 시몬느 베이유를 통해서 허버트의 〈사랑〉이라는 시를 알게 되었다. 글씨 잘 쓰는 학생에게 부탁하여 옮겨 적은 시를 액자에 넣고 늘 암송하곤 했다. 하느님과, 영혼과 마음으로 대화를 나누며 마음을 열어가는 인간의 모습이, 이렇게 단순하고 직접적인 표현으로 시가 될 수 있다는 사실이 어리둥절할 만큼 감동적이었다.

여기서 하느님은 속 깊은 친구요, 사랑 넘치는 어머니처럼, 방황하는 영혼을 감싸 안는다. 그리고 예수 그리스도의 몸을 말하는 성체의 신비(미사 중 성찬의 전례 때 거행)를 통하여 우리를 초대한다. 이것은 모든 인간을 향한, 하느님의 애타는 사랑의 초대이기도 하다.

한편 허버트의 시 〈사랑〉을 읽을 때마다 생각나는 시몬느 베이유의 삶은 내게 또 다른 한 편의 시처럼 느껴진다. 그 삶은 신에 대한 사랑과, 약하고 소외된 이웃에 대한 사랑을 열정적인 삶으로 엮어낸 눈물겹도록 아름다운 시였다.

다음 내용은 시몬느 베이유의 명상록 《중력과 은총》에 소개된 조르주 우르댕(Georges Hourdin)의 글에서 요약한 것이다.

시몬느 베이유는 34년의 짧은 생을 살다 간 철학자이고 평화인권운동가이며, 종교적 신비가이다. 그는 1909년 프랑스 파리에서 의사의 딸로 태어나 유복한 환경에서 자랐다. 철학자 알랭에게서 철학을 수학하고, 열아홉 살에 고등사범학교에 들어가 스물두 살에 철학 교수 자격을 얻었다. 그 후 국립여자고등학교에서 철학 교수로 교편을 잡으면서 스무 살부터 노동인권운동에 참여하였고, 위장 취업으로 공장에서 일하기도 했으며, 스페인 내란 때는 의용군 병사로 참여하기도 하였다. 방학과 휴가 기간 중 편두통에 시달리면서도 교수 생활과 동시에 공장 노동자 생활을 계속하였다. 스물여섯 살 때 포르투갈 여행 중, 유대인으로서 한때는 무신론적 사고를 하던 그는 기독교 신앙을 알게 된다. 그리하여 스물여덟 살에는 예배를 드리고, 스물아홉 살 때는 교회음악인 그레고리오 성가를 좋아하게 되며, 신의 은총을 체험한다. 영국 친구의 소개로 허버트의 〈사랑〉이라는 시를 알게 되어 심취하고 애송한다. 그리고 그때부터 교육계를 떠나 종교적인 문제에 몰두한다.

그 후 베이유는 2차대전 발발로 가족과 함께 마르세유로 가서 페랭 (R.P.Perrin)과 구스타브 티봉(Gustave Thibon)을 만나게 되고, 또한 티봉의 도움으로 르가르의 농장에서 일용 노동자로 일하게 된다. 포도 수확을 하면서 포도 나무 아래 누워 기도문을 암송하며 신앙의 신비를 체험한다.

베이유는 정식으로 가톨릭 신자가 될 마음이 있었지만 결국 세례를 받지 않는다. 이성 중심의 교육을 받고 지성인으로 그리스 고대 문명을 사랑하고, 신앙을 갖지 않은 사람들과 친교를 맺고, 이 모든 것이 그로 하여금 교회 밖의 세계를 선택하게 한 것이다.

그들을 버려두고 혼자서 교회의 문 안으로 들어갈 수는 없었다. 그 어느 것도 아무것도 배신할 수 없었기 때문이다. 교회가 감싸 안지 못하는, 혹은 감싸 안지 않으려 하는 현실과 함께하기를 선택함으로써 베이유는 교회 밖의 기독교인으로서 가난한 자, 모욕받는 자, 신을 부정하는 자들까지 감싸 안으려 했다.

그리스도를 사랑하는 열정을 품고, 신이 사랑하지만 교회가 아직 인정하지는 않은 것들, "지난 20년을 제외한 태곳적부터의 긴 시간, 유색인종들이 살아가는 땅, 백인들의 삶에서 교회 밖의 것······"을 가슴속에 품은 채 그는 그것을 말하고 글로 쓰면서, 누군가가 지켜나가야 하는 그 자리의 중요성을 증거했다.

1942년 마르세유를 떠나 뉴욕에 갔다가 곧 영국에서 자유프랑스운동에 참여한다. 독일 점령하에 고통받는 조국 동포들의 비참한 삶을 함께 나누기 위해 그들보다 나은 식사를 거부한다. 전쟁으로 고통받는 모든 이들의 불행을 나누려 했던 것이다. 그러다가 오래전부터 앓아오던 두통이 악화되고 몸이 쇠약해지면서 병석에 눕게 되고, 결국 1943년 8월 24일을 일기로 세상을 떠난다.

작가로서의 그의 인생은 사후에 시작된다. 그가 쓴 글들이 모여 열네 권의 책이 출간되고 여러 나라에서 번역되었다. 물론 그의 종교 사상에 대해 이견이 있기도 했지만 그 반향은 그칠 줄 모르고 퍼져 나갔다. 교회 밖의 사람들 때문에 완전히 몸담을 수 없었던 가톨릭교회도 살아생전 베이유가 "우리가 감싸 안아야 한다"라고 주장했던 것들을 인정하기 시작한 것이다.

어떤 이들에게는 낯선 이름이 될 것 같아서, 시몬느 베이유에 대해 소개해 보았다. 무엇보다 베이유의 삶이 내게는 신비스럽고 처절하도록 아름다운 한 편의 시와 같이 느껴진다. 허버트의 〈사랑〉이 하느님의 그윽한 사랑과 간곡한 초대로 영혼의 안식을 준다면, 이 시를 읽으면서 생각나는 베이유의 삶은, 안주하려는 내 마음을 채찍질하고, 아름다운 영혼이 그렇게 안타깝게 떠나버린 것에 대한 아쉬움과 가슴 저린 아픔으로 오늘도 나를 눈물짓게 한다.

그렇다. 모든 살아 있는 것들을 위한 문제의 해답은 〈사랑〉이다.

한국청소년마을 총재 **박**세직

옛 동산에 올라 / 이은상

[구멍 난 내 마음이 허허로움을 느낄 때]

노산의 〈옛 동산에 올라〉라는 시와 노래로
스스로를 달래고 위안을 삼을 뿐이다.
지금도 울적할 때면 그 큰 소나무 아래서 듣던
뻐꾹새 소리의 환청 속에서 이 시를 애송하고 또 애창한다.

1933년 경북 구미에서 태어나 부산사범대와 육군사관학교를 졸업했다. 서울대에서 영문학 석사 학위를 받고 미국 서던캘리포니아대에서 교육학 박사 학위를 받았다. 88서울올림픽 조직위원장, 서울특별시장 및 14대, 15대 국회의원을 역임했다. 현재 한국청소년마을 총재, 육사총동창회 명예회장으로 활동 중이다. 저서로 《서울올림픽 우리들의 이야기》 《한·일 월드컵과 세계인의 행복운동》 등이 있다.

옛 동산에 올라

이은상

내 놀던 옛 동산에 오늘 와 다시 서니
산천 의구란 말 옛 시인의 허사로고
예 섰던 그 큰 소나무 베어지고 없구려

지팡이 도로 짚고 산기슭 돌아서니
어느 해 풍우엔지 사태져 무너지고
그 흙에 새 솔이 나서 키를 재려 하는구려

구멍 난 내 마음이 허허로움을 느낄 때

시란 매우 주관적이다. 그때그때의 시대 정황과 느낌에 따라 시에 대한 호감도가 달라지기 때문이다. 학창 시절에 특별히 시를 공부하거나 전공하지는 않았지만, 한때 대학에서 영문학을 공부할 때는 워즈워드의 〈무지개〉나 롱펠로의 〈인생 찬가〉나 사무엘 울만의 〈청춘〉 같은 외국 시를 좋아했었다.

나이가 들어 기독교에 귀의하면서는 구약에 나오는 다윗의 시편이나 솔로몬의 잠언 같은 내용의 시가 마음에 와 닿았다. 어려서 전쟁을 겪으며 인생의 태반을 군에서 보낸 탓인지 군문에 있을 당시에는 노산鷺山 이은상李殷相의 〈조국 강산〉이나 〈고지가 바로 저긴데〉 같은 애국시가 좋아 곧잘 암송하곤 했다.

보다 젊은 학창 시절에는 해방된 후 즐겨 부르던 〈봉선화〉나 〈사우〉 같은 노래와 함께 노산 이은상의 〈옛 동산에 올라〉라는 가곡 속에 담긴 시의 내용이 퍽 내 마음을 끌었다. 지금도 이 노산의 시는 나의 콧노래 목록 중의 하나다.

내가 이 시를 특별히 좋아하게 된 이유는, 어린 시절 놀던 고향을 떠나 객지 생활을 하다가 꽤 오랜 세월이 지나 고향을 찾았을 때, 변모한 고향 산천의 모습에서 자연을 빼앗긴 일종의 적막감 또는 박탈감을 느껴야 했기 때문이다.

나는 현재 경북 구미시 인동면 구평리에 본적을 두고 있다. 지금은 공단 도시로 변했지만, 이곳은 높은 언덕에서 내려다보면 유유히 흐르는 낙동강을 바라볼 수 있는, 경관이 수려한 전형적인 농촌이었다. 동쪽은 6·25전쟁 때 격전지였던 유학산遊鶴山과 임진왜란 당시 홍의장군 곽재우가 용병술을 써서 왜적을 무찔렀다는 전설이 있는 천생산天生山이 위치한 명승지다. 또한 조선조 때는 유림의 고장이요, 일제 때는 일본인 소유의 대구은행을 폭파하며 일제에 항거한 김진홍 열사가 태어난 고장이기도 하다.

내가 태어난 곳은 천생산을 바라보는 유학산 기슭 두메산골의 외딴집이었고, 아랫동네와 내가 태어난 산골을 잇는 작은 오솔길의 중턱에는 수리조합에서 만든 아담한 저수지가 있었다. 그 저수지를 바라보는 언덕배기에 큰 소나무 한 그루가 우뚝 서 있었고 그 주위에 잔디로 덮인 작은 공터가 있었다.

명절날이면 동네 아낙네들이 모여 소나무에 그네를 매달고 허공에 날리는 치마폭을 자랑하던 곳이며, 봄, 여름, 가을이면 동네 젊은이들이 소에게 풀을 먹이고 해거름 무렵이면 소를 몰고 와 정담을 주고받는 '동네 사랑방' 같은 구실을 하던 곳이기도 했다. 간혹 동네에 초상이 날 때는 구슬픈 뻐꾹새 소리를 들으며 산으로 향하는 상여가 이 소나무 아래서 멈추기도 하고, 짓궂은 상여꾼들이 저승길 노잣돈을 구걸하던 곳이기도 했다. 이 소나무 놀이터와 저수지에는 어린 시절의 추억이 촘촘히 서려 있다.

나는 태어나면서 '바위 용금龍金'이라고 불렸다고 하는데, 이는 어머니의 태몽에서 비롯된 이름이었다. 어린 시절 어른들로부터 들은 이야기를 빌리자면, 나의 할머님은 효성이 지극한 내 친아버님 되시는 둘째 아들 내외와 함께 사셨다고 한다. 할머님은 슬하에 자식 없이 타국에 나가 있는 큰아들 내외에게 옥동자를 점지해 달라며 비가 오나 눈이 오나 앞산에 있는 큰 바위에 나가 기도를 하셨다. 그러던 어느 날 어머님의 꿈에, 저수지에서 한 마리의 황금 용이 나타나더니 할머님이 늘 기도하시던 바위 옆에 우뚝 섰다는 것이다.

그런가 하면 나의 양부養父님이신 백부님은 자식을 점지해 달라고 기도하던 중, 저수지에서 한 마리의 용이 나타나 하늘로 올라가다 말고 도중에 머뭇거리자, 백부님이 간절히 기도했더니 그 용이 등천하는 꿈을 꾸었다는 것이다.

이런 연유로 나는 자식을 두지 못한 백부님께 양자로 가게 되었다. 그러나 초등학교 6학년이 될 때까지도 내가 양자로 갔다는 사실을 전혀 모르고 있었다. 그도 그럴 것이 나의 양부모님은 나를 데리고 일본으로 건너갔기 때문이다. 내가 일본에서 돌아온 것은 8·15광복이 되기 1년 전쯤이었다. 어느 날 나는 이 언덕배기 소나무 아래서 내가 섬기는 부모가 친부모가 아니라는 사실을 알았다. 그로 말미암아 적잖게 심적인 충격을 받아 한동안 침울해 있었던 기억이 난다.

그러나 이곳에서 기쁜 일도 있었다. 일제가 항복하고 8·15광복이 되었다는 소식을 처음 듣고 얼마나 좋아했던지, 흥분을 감추지 못한 채 이리저리 날뛰던 곳도 바로 이 큰 소나무 아래 '만남의 잔디밭'이었다. 동네 사람들이 모여들어 얼싸안고 덩실덩실 춤추던 모습이 지금도 눈에 선하다.

그 후, 부모님을 따라 부산에 가서 부산사범학교를 다니게 됐다. 그런데 졸업도 하기 전에 6·25전쟁이 터졌다. 낙동강 방어선을 고수할 무렵 나는 학생의 신분으로 군에 자원입대하여 민족상잔의 전투에 참전했다. 휴전이 되기 전 육사에 들어가 30년 동안 군 생활을 했고, 전역 후에도 20년 동안 공직 생활을 하다 보니 자연 고향을 자주 찾지 못했다.

그러던 어느 날 나는 고향을 대표해서 의전 단상에 서게 됐다. 국회의원이 되어 고향을 찾아, 마치 노산 시인의 흉내라도 내듯 지팡이를 짚고 참으로 오랜만에 뒷동산에 올랐다. 옛날이 그리워서였다. 그런데 이게 웬일인가? 그토록 나의 마음에 깊이 자리 잡고 있던 큰 소나무는 온데간데없이 사라지고, 아담한 잔디밭은 어느 가문의 거대한 묘지로 탈바꿈돼 있지 않은가. 개울 건너 마주 보이는 산비탈에는 어울리지 않는 외딴집이 들어서고, 주위는 황토로 덮여 마치 폭풍우에 산사태라도 만난 듯 흉물처럼 변해 있었다. 이 광경을 목도하는 순간 나는 심장이 멈출 듯 통렬한 아픔을 느꼈다. 절로 한숨이 나고 눈물이 핑 돌았다. 마음속에 간직했던 '옛 추억의 보물'을 빼앗긴 허탈감을 무슨 수로 달래며 어찌 필설로 다 표현할 수 있겠는가. 정지용 시인의 시 〈고향〉의 첫 대목인 "고향에, 고향에 돌아와도 그리던 고향은 아니러뇨"란 시구가 뇌리를 스칠 뿐이었다.

이후에, 나의 고향 찾는 발걸음은 더 뜸해졌다. 구멍 난 내 마음이 허허로움을 느낄 때마다 노산의 〈옛 동산에 올라〉라는 시와 노래로 스스로를 달래고 위안을 삼을 뿐이다. 지금도 울적할 때면 그 큰 소나무 아래서 듣던 뻐꾹새 소리의 환청 속에서 이 시를 애송하고 또 애창한다.

재외동포 교육진흥재단 이사장

서영훈

자유에 대하여 / 칼릴 지브란

[칼릴 지브란이 전해 주는 자유의 의미]

현란한 풍요와 유혹 속에서 거짓 자유의 노예가 되어
광란하며 신음하는 현대인들에게 칼릴 지브란이
전해 주는 자유의 의미는 각별하다.
모든 허상을 벗어버리고 진정한 '나'를 찾아갈 때
우리는 비로소 좀 더 커다란 해방의 의미를
맛볼 수 있을 것이다.

1923년 평남 평양에서 태어나 국제대를 졸업하고 러시아 국립 국제관계대에서 사회학 명
예 박사 학위를 받았다. KBS 사장, 우리민족서로돕기운동 대표, 새천년민주당 대표, 대한
적십자사 총재를 역임했다. 현재 도산안창호선생 기념사업회 회장, 재외동포 교육진흥재단
이사장으로 활동 중이다. 저서로 《청소년 지도의 바른길》《숲이 깊으면 둥지가 많다》《벽
오동 심은 뜻은》 등이 있다.

자유에 대하여

칼릴 지브란

(…)

사원의 숲에서, 성채 그늘 아래서 나는 그대들 가운데 가장 자유로운 자가 자유를 마치 멍에와 수갑처럼 차고 있는 것을 보았다. 그때 내 속에서 피 흘렀다. 왜냐하면 그대들 자유에의 욕망이 그대들에게 재갈을 물릴 때만이, 또 자유가 최후의 목적이며 기쁨이라고 떠들기를 그칠 때만이 그대들 실로 자유로울 것이므로.

그대들은 실로 자유로우리라. 욕망도 슬픔도 없는 밤이 아니라 근심으로 가득 찬 낮에, 또한 오히려 이 모두가 그대들의 삶을 묶고, 그럼에도 그대들 벗어버리고 해방되어 이들 위로 일어설 때만이.

그리하여 그대들 깨달음의 새벽에 지난 한낮의 시간을 묶었던 사슬을 깨뜨리지 않는다면, 어떻게 그대들 낮과 밤 저편으로 일어설 수 있을 것인가? 실로 그대들이 자유라 부르는 것은 이 사슬들 중에서도 가장 강한 사슬인 것을, 그 고리가 비록 햇빛에 반짝거리고 눈을 어지럽게 할지라도…….

(…)

칼릴 지브란이 전해 주는 자유의 의미

이 시는 칼릴 지브란의 《예언자》에 실려 있는 산문시 중 한 편인 〈자유에 대하여〉의 일부다. 내가 처음 읽은 칼릴 지브란의 《예언자》는 1963년 무렵 함석헌 선생이 번역한 책이다. 그보다 앞서 이미 함 선생의 《뜻으로 본 한국 역사》와 《생각하는 백성이라야 산다》를 읽고 깊은 인상과 감명을 받고 있던 터였다. 《예언자》는 함 선생 자신이 영혼으로 큰 감동을 받은 20세기의 성서라고 추천한 책이기도 하다. 아마도 나 자신이 아직 젊고 이상에 불타던 시절이라 그랬겠지만, 이 책은 내게도 깊은 감동으로 다가왔다.

함 선생은 번역본 머리에 실은 긴 서문에서 칼릴 지브란이야말로 20세기의 성자요, 병들고 더럽혀진 인간의 영혼을 깨끗하게 소생시키는 구원자라고 했다. 체제적 불의와 인습적 사회악에 맞서 싸우던 반항적인 평화주의자 함석헌은 인간적인 고뇌와 시련까지 겹쳐 고독하고 암울하던 때에 지브란의 《예언자》에서 전우와 도반을 만난 듯 새 힘을 얻었노라고 고백했다.

칼릴 지브란은 아랍과 유럽의 문명이 만나는 레바논에서 태어나 조국과 미국, 프랑스를 오가며 두 개의 나라 사이에서 겪을 수밖에 없는 갈등과 모순을 극복하고, 더욱 높은 이상을 갈구하며 살았다. 그리하여 마침내 20세기 물질문명의 밀림 속에서 지평선 저쪽에 동터오는 새로운 여명을 내

다본 예언자요, 신비스럽고 인간애 넘치는 예술가, 철인이 된 인물이다.

그의 대표적 산문시 《예언자》를 니체의 《차라투스트라는 이렇게 말했다》와 비기는 이도 있다. 그러나 그는 니체같이 권력의지를 숭상하거나 초월자의 고독을 사랑하지 않았다. 《예언자》의 주인공 알무스타파는, 고민하며 방황하는 인간을 사랑하고, 그 욕망과 정열을 거룩한 영혼의 불길로 승화시켜 생명의 자유를 얻게 하는 구원자였다.

타고르를 연상시키는 면도 있으나 그보다 더욱 신비하고, 다른 한편으로 아우성치는 군중에 화답해 살아 뛰노는 혼을 노래하고 있다. 여기에 소개한 〈자유에 대하여〉는 《예언자》에 실린 시 중에서도 내가 특별히 좋아하는 시다.

그대들은 실로 자유로우리라. 욕망도 슬픔도 없는 밤이 아니라 근심으로 가득 찬 낮에, 또한 오히려 이 모두가 그대들의 삶을 묶고, 그럼에도 그대들 벗어버리고 해방되어 이들 위로 일어설 때만이.

자유에 관해 이처럼 극명한 이미지를 보여주는 시가 다시 있을까. 이런 지혜의 노래는 아마도 그가 오랫동안 이민족의 지배를 받아온 고난의 땅에서 태어나, 미국과 유럽을 헤매며 수많은 눈물과 슬픔 속에 참된 진리와 사랑, 나아가 더욱 높고 영원한 생명의 질서를 탐구하는 구도자로서 터득한 자유정신 덕분일 것이다.

인간을 모든 억압과 구속과 집착에서 해방시키는 참된 자유는, 이 책의 주인공 예언자 알무스타파가 말하는 것처럼 인간의 내면에 잠재하는 무한의 욕망과 교만, 거짓과 음란의 미망에서 깨어나 거듭날 때 비로소 찾아지는 것이다. 참 '나'가 아닌 나의 욕망과 의지가 추구하고 갈망하는 모든 자유는 우리의 참된 정신과 심혼의 자유를 앗아 가고 겁탈하는 음모자의 자유이며 탕아의 자유가 아니겠는가.

현란한 풍요와 유혹 속에서 거짓 자유의 노예가 되어 광란하며 신음하는 현대인들에게 칼릴 지브란이 전해 주는 자유의 의미는 각별하다. 모든 허상을 벗어버리고 진정한 '나'를 찾아갈 때 우리는 비로소 좀 더 커다란 해방의 의미를 맛볼 수 있을 것이다.

전경련 상임고문 **손병두**

인생 찬가 / H. W. 롱펠로

[시간의 모래 위에, 남을 위한 발자국을!]

그렇지. 비록 나의 작은 발자국일지라도,
내 뒤에 오는 어떤 형제가 낙망하고 지쳐 쓰러지려 할 때
그들에게 용기를 줄 수만 있다면, 나는 지금 용기를 내서
그런 발자국을 만들어야 하지 않겠는가.
그것이 값진 인생이라고 말할 수 있지 않겠는가.

1941년 경남 진주에서 태어나 서울대 경제학과를 졸업하고 1985년 미국 Arthur D. Little
에서 MEI 경영학 석사, 1990년 한양대에서 경영학 박사 학위를 받았다. 전국경제인연합회
부회장을 지내고, 현재 상임고문으로 재직 중이다. 저서로 《경제상식의 허와 실》 《(IMF 시
대 경쟁력 강화를 위한) 의욕적인 사람으로 만들어주는 101가지 방법》(공저) 등이 있다.

인생 찬가

H. W. 롱펠로

슬픈 사연으로 내게 말하지 마라
인생은 한낱 허황된 꿈에 지나지 않는다고—
잠자는 영혼은 죽음이고
만물의 본체는 외양대로만은 아니란다

인생은 실재! 인생은 진지한 것!
무덤이 그 목표는 아니다
너는 본래 흙이라, 흙으로 돌아가리라
이것은 영혼을 두고 한 말은 아니었다

우리가 가야 할 곳, 혹은 가는 길은
향락이 아니고 슬픔도 아니며
내일의 하루하루가 오늘보다 낫도록
행동하는 그것이 인생이니라

예술은 길고 세월은 날아간다
우리 심장은 튼튼하고 용감하면서도
마치 감싸진 북과 같이, 무덤을 향해서
장송곡을 계속 울린다

이 세상 넓은 싸움터에서
인생의 노영露營 안에서
말 못하는 쫓기는 짐승이 되지 말고
싸움터에 나선 영웅이 되거라!

아무리 즐거울지라도 '미래'를 믿지 마라!
죽은 '과거'로 하여금 그 죽음을 묻게 하라!
활동하라―산 '현재'에 활동하라!
가슴속에는 심장이 있고, 머리 위에는 신이 있다!

위인들의 모든 생애는 말해 주노니
우리도 장엄한 삶을 이룰 수 있고
이 세상 떠날 때는 시간의 모래 위에
우리 발자국을 남길 수 있음을

아마도 후일에 다른 사람이
장엄한 삶의 바다를 항해하다가
외롭게 난파한 그 어떤 형제가 보고
다시금 용기를 얻게 될 발자국을

그러니 우리 이제 일어나서 일하자
어떠한 운명도 이겨낼 정신을 가지고
끊임없이 성취하고 추구하면서
일하고 기다리기를 함께 배우자

시간의 모래 위에, 남을 위한 발자국을!

소년 시절에는 누구나 한 번쯤 시인이 되겠다는 생각을 해보지 않았을까. 나의 경우 중학생 때 여름방학 숙제로 써낸 시가 방학 과제물 장원으로 뽑혀, 미술 선생님의 시화까지 곁들어 전시되면서 문학 소년의 꿈을 꾸기도 했었다.

시골에서 자랐기 때문에 자연의 모든 것들이 시작詩作의 대상이었다. 봄·여름·가을·겨울, 사계절에 따라 변하는 시골의 아름다운 풍경은 나에게 풍성한 감성을 가져다주었다. 그때 서정시들은 어린 나에게 가슴 떨리는 감흥으로 다가왔다. 나는 내가 바라보는 시골 풍경 하나하나를 마치 시를 읽듯 음미하며 시로 묘사해 보려고 했다.

그러나 서울로 유학 온 후 어려운 가정 형편으로 아르바이트를 하며 하루하루 생존을 위한 투쟁으로 살아가는 동안, 나의 정서는 점점 메말라갔다. 시를 읽고 쓸 여유가 나에게는 주어지지 않았다.

대학을 졸업하고, 군 복무를 마친 후 직장인으로서 열심히 살아가느라 애쓰면서 시의 세계와는 담을 쌓고 지냈다. 치열한 경쟁과 성취만이 요구되는 상황에서 남보다 앞서 가기 위해 필요한 전문 서적들을 섭렵해서 소화해 내는 일만으로도 벅찬 생활이었기에 더욱 그러했다.

인생은 항상 상향 곡선만 그리는 것이 아니다. 거기에는 굴곡도 있고, 좌절도 있고, 쉼도 있다. 앞만 바라보고 달리던 나에게도 그런 좌절의 시기가 찾아왔다.

삼성그룹에서 승승장구하던 때, 나는 요즘 말하는 '명퇴名退'를 당해 회사를 떠나야 했다. 오직 남편 하나만 믿고 넉넉하지 못한 생계와 네 명의 연년생 아이들을 키우면서 온갖 어려움을 감내해 온 집사람에게 청천벽력 같은 충격을 안겨준 채, 나는 마흔세 살의 나이에 혼자서 훌쩍 미국 유학의 길을 떠나기로 했다.

주위에서는 무모한 짓이라며 말렸고, 무책임한 사람이라는 비난도 했으며, 혹자는 미치지 않았느냐고 비아냥거리기도 했다. 그러나 집사람만은 혼자서 생계와 육아의 짐을 지면서도 나에게 용기를 주었다. 앞으로 국제화 시대에 국내에서 일한 것만으로는 경쟁력이 없으니 당신 뜻대로 유학을 하고 재충전을 하는 것이 좋겠다고 기꺼이 동의해 주었던 것이다.

그러나 사랑하는 가족들을 뒤로한 채 아무런 기약 없이 유학의 길에 오르는 내 심정은 착잡하기 이를 데 없었다. 나보다 스무 살이나 어린 학생들 틈에 끼어서 듣는, 잘 들리지도 않는 수업 내용과 그 많은 숙제, 그리고 계속되는 시험들은 좌절을 안겨주었고 능력의 한계를 느끼게 했다. 나는 도서관 앞에 서 있는 거북이 상을 붙들고 몇 번이나 눈물을 흘렸는지 모른다. 그때마다 거듭, 거북이처럼 느리지만 쉬지 않고 노력해서 목표에 도달하리라는 결심을 했다.

천주교 신자인 나는 캠퍼스 안에 있는 성당에서 매일 미사에 참례하면서 용기와 인내심을 달라고 기도하고 또 기도하며 하느님께 매달리기도 했다.

110

그런 암울한 시기에 한 친구로부터 편지가 왔다. 그는 헨리 워즈워스 롱펠로(Henry Wadsworth Longfellow)의 시 〈인생 찬가〉를 보내주었다. 누구의 번역인지 모르나 그 시는 나에게 참으로 큰 용기를 주었다.

그 시의 처음은 이렇게 시작된다.

슬픈 사연으로 내게 말하지 마라
인생은 한낱 허황된 꿈에 지나지 않는다고−

그래. 나 자신이 슬픈 사연으로 나의 인생을 말해서는 안 되겠지. 절대로 그래서는 안 되지! 이 첫 구절은 나의 가슴을 사정없이 채찍으로 내리치는구나.

인생은 실재! 인생은 진지한 것!
무덤이 그 목표는 아니다

그렇다. 인생이란 허황될 수 없는 것. 삶이란 실재요, 진지한 것이니 잠시도 소홀히 할 수 없는 것이 아닌가.

우리가 가야 할 곳, 혹은 가는 길은
향락이 아니고 슬픔도 아니며
내일의 하루하루가 오늘보다 낫도록

행동하는 그것이 인생이니라

내가 가야 할 인생길이 힘들고, 어렵고, 고통스럽다고 해서 주저앉아야 할 것인가? 아니다. 오늘보다 내일이 낫도록 행동해야지. 좌절감과 자기 부정을 떨쳐버리고 일어서야지. 안 그런가?

이 세상 넓은 싸움터에서
인생의 노영露營 안에서
말 못하는 쫓기는 짐승이 되지 말고
싸움터에 나선 영웅이 되거라!

그래, 어차피 이 세상의 넓은 싸움터에 던져진 내가 아닌. 쫓기는 짐승처럼 살아갈 것이냐? 아니다. 싸움터에서 이기는 영웅이 되자.
그래, 나는 할 수 있을 거야.

아무리 즐거울지라도 '미래'를 믿지 마라!
죽은 '과거'로 하여금 그 죽음을 묻게 하라!
활동하라— 산 '현재'에 활동하라!

불확실한 '미래'를 믿지 말고, 지나간 '과거'를 되돌아보지 말고, 오직 내 앞에 놓인 '현재'에 충실하여 행동하는 것만이 승리의 길이 아니겠는

가. 오직 '현재'에 최선을 다하자.

> 위인들의 모든 생애는 말해 주노니
> 우리도 장엄한 삶을 이룰 수 있고
> 이 세상 떠날 때는 시간의 모래 위에
> 우리 발자국을 남길 수 있음을

위인들이 걸어간 길이 나에게 용기를 주는구나. 그들이 했듯이 나도 할 수 있지 않겠는가. 시간의 모래 위에 나의 작은 발자국을 남길 수 있지 않겠는가.

> 아마도 후일에 다른 사람이
> 장엄한 삶의 바다를 항해하다가
> 외롭게 난파한 그 어떤 형제가 보고
> 다시금 용기를 얻게 될 발자국을

그렇지. 비록 나의 작은 발자국일지라도, 내 뒤에 오는 어떤 형제가 낙망하고 지쳐 쓰러지려 할 때 그들에게 용기를 줄 수만 있다면, 나는 지금 용기를 내서 그런 발자국을 만들어야 하지 않겠는가. 그것이 값진 인생이라고 말할 수 있지 않겠는가.

그러니 우리 이제 일어나서 일하자
어떠한 운명도 이겨낼 정신을 가지고
끊임없이 성취하고 추구하면서
일하고 기다리기를 함께 배우자

실의에 빠진 형제에게 용기를 줄 발자국을 어떻게 만들 것인가? 그것은 우선 나 자신이 실의에서 벗어나 일하는 것이다. 어떠한 운명도 이겨낼 정신을 가지고 끊임없이 성취하고 추구하면서 일하는 것이다. 그리고 그 결과를 기다리는 것이다. 즐겁게 일하고, 겸손하게 결과를 기다리는 자세를 가져야 하지 않겠는가. 그것이 바로 인생임을 명심해야지.

나는 힘들 때마다 이 시를 큰 소리로 읽었다. 몇 번씩이나 읽고 또 읽었다. 그러면 내 눈앞에 한 폭의 그림이 나타난다. 온 세상을 집어삼킬 것 같은 성난 파도가 멈추고, 고요해진 바닷가 모래 위에 나 있는 발자국을 따라 용감하게 걸어가는 선원의 머리 위에 금빛 찬란한 햇빛이 내리비치는 것을 본다. 그때 나는 마음의 평화와 삶의 긍정과 용기와 하느님을 향한 무한한 감사로 충만하게 된다. 다시 일어나서 일할 용기가 샘솟는다. 힘차게, 더 힘차게 일하게 된다.

이 시를 읽으면서 어려운 유학 시절을 보내던 때, 보스턴 교외에 있는 롱펠로 시인의 옛집을 찾았다. 나에게 용기를 주신 그분께 감사를 드리기 위해서였다. 그리고 그의 시집을 사서 비로소 이 시를 원문으로 읽을 수 있었다. 원문 시는 번역되어 있는 시가 채워주지 못하는 시의 묘미를 더

해 주었다.

　지금도 나는 이 시를 읽을 때마다 무한한 위로와 용기를 얻는다. 그리고 최선을 다해서 시간의 모래 위에 남에게 용기를 줄 수 있는 작은 발자국을 만들고자 노력하고 있다.

경기도 지사 **손학규**

사랑의 노래 / 이종성

[사랑의 열병]

대학 시절 나는 사랑의 열병을 앓았다.
나의 하루하루는 농염하고 진한 사랑의 연속이었다.
상대는 나를 낳아주고 길러준 조국.
나는 사랑에 취한 젊은이가 연인을 닮기 위해 애쓰듯
조국의 안타까운 현실과 하나가 되기 위해 몸부림을 쳤다.

1947년 경기도 시흥에서 태어나 서울대 정치학과를 졸업, 영국 옥스퍼드대에서 정치학 박
사 학위를 받았다. 인하대·서강대 교수, 14·15·16대 국회의원, 보건복지부 장관을 역임
했으며, 현재 경기도 지사로 재임하고 있다. 저서로 《Authoritarianism and Opposition
in South Korea》《진보적 자유주의의 길》 등이 있다.

사랑의 노래

이종성

한 아름 가득 너를 포옹하고
너의 가슴에서, 머리에서, 흰 목덜미에서
숨이 막히도록 진하게 풍기는
청춘의 향기를 호흡하면서
戀아! 너의 어깨 너머로
싱싱한 조국을 바라보아야겠다

달아오른 입술과
황홀한 눈시울과
기쁨으로 경련하는 너의 체구를
온통 내 것으로 만들었을 때
나의 살아 있는 기쁨은 절정에 달한다!
이 시각을 태양처럼 완성하구 싶다!

사랑, 이것은

한 시절의 사치품이 아니다
사랑, 이것은
굴욕과 천대 속에선 자랄 수 없다
사랑, 이것은 오직
무구하고 슬기로운 젊은이들의
아름찬 포부와 정열 속에 있다

이 나라 젊은이의 진정한 사랑은
이 나라 운명이 꽃으로 피는 것이다

너와 나의 굵고 가는 혈관에는
조상들의 성스러운 피가
스파크를 일구며 전류처럼 흐르고
굳건히 디디고 선 두 쌍의 다리로는
이 땅의 지열이 炬火로 솟구친다

戀아!
너도 나에게 가냘픈 소야곡이나
꽃봉투 따위를 기대하진 않으리라

一望無際 아름다운 우리 땅에
눈에 거리끼는 모든 것을 내몰고
보람이 구름처럼 피어오르는
그리운 언덕에 기어코 올라서서
너는 나의 어깨 너머로
나는 너의 어깨 너머로

젊고 화목한 조국을 바라보자!
만 사람의 웃음 속에 사랑이 있자!

사랑의 열병

한 아름 가득 너를 포옹하고
너의 가슴에서, 머리에서, 흰 목덜미에서
숨이 막히도록 진하게 풍기는
청춘의 향기를 호흡하면서

대학 시절 나는 사랑의 열병을 앓았다. 나의 하루하루는 농염하고 진한 사랑의 연속이었다. 상대는 나를 낳아주고 길러준 조국. 나는 사랑에 취한 젊은이가 연인을 닮기 위해 애쓰듯 조국의 안타까운 현실과 하나가 되기 위해 몸부림을 쳤다. 내 나라를 부둥켜안고 입 맞추고 뒹굴며 얼이 빠져 날마다 지냈다. 그러면서 때로는 눈을 부릅뜨고 주먹을 불끈 쥐며 가슴을 크게 펴고 태양을 품어 안았다. 밤새 눈물을 쏟으면서 조국에 대한 사랑을 고백하곤 했다.

열애에 빠진 사람은 나만이 아니었다. 그때는 '운동권'이라는 이름도 없이 나의 친구들은 이렇게 조국에 대한 사랑에 빠져서 신열을 앓고 신음했다. 우리들은 서로 어울려 다니며 자신들의 사랑을 겨루느라 밤을 꼬박 새우곤 했다. 한여름 뙤약볕 아래 단식으로 허기진 몸을 이끌고 나가 쉰 목소리로 민족의 자존을 울부짖었다. 판잣집 자취방에서, 쌍과부 아줌마 집에서 막걸리 한 사발에 김치 한 조각을 씹으며 동강 난 조국의 현실에 울분을 토했고, 삶의 무게에 짓눌린 민중의 고통을 함께 괴로워했다.

그냥 말로만 끝내기에는 너무나 뜨겁고 진지했던가? 우리들은 사랑하는 조국을 향해 기꺼이 자신의 젊음을 던졌다. 민주화운동, 인권운동, 노동운동, 농민운동, 빈민운동……

그리고 수십 년이 지났다. 인권 변호사의 선구 조영래, 빈민운동의 대부 제정구가 세상을 떠났다. 지금은 나와 정치적 소속을 달리하고 있지만 김근태, 장기표도 함께 운동을 했던 사람들이다. 그들을 생각하면 눈물이 난다. 유신 시대의 암흑천지에서 도망자 신세로 만나 시시덕거리며 반갑게 놀던 일, 불심검문에 화들짝 달아나던 장면이 아련하다. 그랬던 그들이 몹시 그립다.

나는 이런 친구들과 우정을 나눌 수 있어서 행복했다. 방법은 달랐지만 너 나 할 것 없이 조국 사랑의 열병에 빠진 이들이었다. 그래서 각자 무슨 일을 하든지 서로를 굳게 믿고 의지했다. 어쩌면 고통의 날들이었을지도 모를 지난날들이 새삼 즐겁고, 아름답게 되새겨지는 것은 아마도 그들과 함께했기 때문인 듯싶다.

나의 아내가 된 한 여인과의 사랑도 이렇게 조국에 대한 사랑을 징검다리로 해서 시작되었다. 지금은 국립도서관이나 가야 찾아볼 수 있는 《한양漢陽》이라는 잡지 1964년도 9월호에 실렸던 이종성 님의 〈사랑의 노래〉. 이것이 내가 마로니에 그늘 아래에서 그녀에게 들려준 노래였다.

너와 나, 단둘이서 속닥이는 사랑 속에 '싱싱한 조국'이 같이한다는 나의 열정에 그녀는 감동했고, 이렇게 해서 우리 사랑은 불타올랐다. 투박

하기조차 한 듯 꾸밈없이 마음껏 햇님 앞에 저의 아름다움을 자랑하며 나비 잠자리와 노는 들꽃 같은 순진무구한 여대생, 이 여인에게 나는 무엇을 해줄 것인가?

세상은 온통 우리 것이었고, 우리 사랑은 태양처럼 크게 타오르고 눈부시게 빛났다. 우리에게는 거칠 것이 없었고, 거화炬火로 솟구치는 이 땅의 지열만큼이나 조국에 대해 끓어오르는 애정과 힘이 하늘을 덮었다. 우리의 삶과 사랑은 오직 티 없이 맑은 젊은이들의 아름찬 포부와 정열 속에 있었던 것이다.

이런 우리 사랑은 가시밭길을 예고하고 있었다. 나는 학생운동과 반독재 민주화운동, 빈민운동, 노동운동을 하면서 경찰서와 정보부를 제집처럼 드나들었다. 감시와 미행이 하루도 쉴 날이 없었다. 감옥행은 예정된 코스였다.

戀아!
너도 나에게 가냘픈 소야곡이나
꽃봉투 따위를 기대하진 않으리라

그 흔한 음악 감상실이나 영화관 한번 제대로 못 가보고, 나는 그녀를 그저 교정에서 막걸리 판을 벌이면서 주먹 쥐고 노래하거나 목에 힘줄 세워 토론하는 곳에나 데리고 다녔다. 경찰서, 정보부, 서대문 구치소 면회나 다니게 하고, 미안하다는 말 한마디 없이 건네던 계면쩍은 변명. 그러나 이것은 떳떳하고 힘찬 자기 선언이었다.

얼마 전 경기도의 후원을 받아 기꺼이 이라크 포화 속으로 달려가는 의료봉사단원들을 배웅하며 가슴 뭉클한 장면을 보았다. 결혼한 지 딱 일주일이 되는 젊은 의사를 아직 앳된 신부와 아버님이 배웅 나왔다. 남편을 꼭 껴안으며 눈물을 감추는 새색시의 모습에서, 30년 전 형사에게 연행되는 나를 보내며 눈물도 흘리지 못하고 어쩔 줄 모르며 안타까워하던 아내의 모습이 어른거렸다.

나보다 일을 더 사랑하는 사람들, 회사를 더 사랑하는 사람들, 조국을 미치도록 사랑하는 젊은이들. 큰 사랑의 열병에 빠진 사람들이 많기에 아직도 세상은 아름답고 살 만한 가치가 있는 것이다.

일망무제一望無際. 아름다운 우리 땅에 보람이 구름처럼 피어오르는 세상, 모든 사람들의 웃음 속에 사랑이 넘치는 세상이 바로 우리 모두가 바라는 세상인 것이다. 우리의 사랑 속에 젊고 화목한 우리 조국이 있는 것이다.

작곡가 · 록 음악인 신중현

요강 / 김삿갓

[아름다운 강산을 떠도는 김삿갓의 노래]

20년 가까이 김삿갓의 시를 가슴에 품어오던 나는
1990년대 중반 김삿갓의 주옥같은 시 열여덟 편에
곡을 붙여 두 장짜리 음반을 제작하였다.
매일 아침 여섯 시에 일어나 목욕재계하고,
맑은 공기를 마시며 정신을 가다듬고 오전에만 작업했다.

1938년 서울에서 태어나 1962년 한국 최초의 록그룹 애드포(Add Four)를 결성했다.
1973년에는 '신중현과 엽전들'을 결성했고, 가수 펄시스터즈, 김추자, 바니걸스 등 수많은
가수를 길러냈으며 〈미인〉〈아름다운 강산〉〈빗속의 여인〉 등 4백여 곡을 작곡했다. 수원
여대 실용음악과 교수를 거쳐, 현재 인터넷 음악 사이트 〈신중현 MVD〉를 운영하고 있다.

요강

김삿갓

賴渠深夜不煩扉　令作團隣臥處圍
醉客持來端膝跪　態娥挾坐惜衣收
堅剛做體銅山局　灑落傳聲練瀑飛
最是功多風雨曉　儘閑養性使人肥

깊은 밤에도 너를 믿고 밤중에 드나들지 않아도 되고
이웃처럼 친하게 이부자리 옆에 모셔둔다.
술 취한 사람도 그 앞에서는 단정히 무릎을 꿇고
어여쁜 아가씨가 끼고 앉으면, 살이 보일까 조심조심 옷을 걷는다.
단단하게 만든 몸은 구리 산을 이룬 듯한데
상쾌하게 전해지는 소리 폭포가 나리는 듯하다.
이것의 가장 큰 공은 비바람 몰아치는 새벽에 있고
한가로움을 주고 성품을 길러 사람으로 하여금 살찌게 하는 일이다.

아름다운 강산을 떠도는 김삿갓의 노래

1970년대 중반, 나는 박정희 군사정부로부터 모든 음악 활동을 금지당했다. 음악가가 음악을 하지 못하면 시체나 다름없어진다. 어느 곳에서도 연주를 할 수 없었고, 어떤 곡도 발표할 수 없었다. 그 후 수년 동안 나는 대한민국의 산천을 혼자 돌아다니며 방랑을 했다. 대중의 인기를 한 몸에 받던 스타에서 한순간에 범법자, 금지곡 가수가 되어버린 현실에 너무나 괴로웠던 그 시절, 나에게 큰 위안이 되어주었던 김삿갓의 시는 고스란히 내 마음속에 남아 여전히 읊어지고 있다.

요즘은 할아버지가 아니라 제 아버지를 욕해서라도 벼슬을 하려는 세상이다. 그런데 본명이 병연인 김삿갓(1807~1863)은, 홍경래의 난亂 때 선천 부사였던 김익순이 반란군에 항복한 것을 냉혹히 규탄하는 글로 장원 급제를 하였으나, 그가 자신의 조부였다는 사실을 알고는 삿갓으로 얼굴을 가린 채 정처 없이 길을 떠난다. 김삿갓은 이름도, 얼굴도 버리고 발길 닿는 대로 가는 길 위, 머무르는 곳마다 시를 써 던져놓고는 떠돌았다.

천릿길 행장을 지팡이 하나에 의지하고,
남은 돈 일곱 푼을 오히려 많다고 하노라.
주머니 속의 너에게 타일러 깊이깊이 있거라 했건만
들 주막 석양에 술을 보았으니 어찌하겠는가.

나그네 김삿갓의 모습이 이 시 한 편으로 고스란히 떠오른다. 가도 가도 끝없는 산간벽지, 밤은 깊었으나 인가는 보이지 않고, 겨우 찾은 오두막집 앞에서 하룻밤을 청하지만 대접할 것이 없어 난처해하는 주인은 겨우 죽 한 그릇을 내온다.

네 다리 소나무 상에 죽이 한 그릇인데
그릇 속에 하늘빛과 구름 그림자가 함께 떠돌고 있구나.
그러나 주인이여 부끄럽다 하지 마오,
나는 본래 물에 푸른 산이 드리워져 있는 것을 사랑한다오.

가난해도 손님이 오면 정성을 다해 대접하는 마음, 멀건 물이나 다름없는 죽 한 그릇, 주인이 부끄러워할까 봐 걱정하는 마음……. 한국인의 정이라는 것은 어려운 상황에서야 비로소 그 진가를 알게 된다.

이러한 한국의 전통적인 정서를 듬뿍 담아 아무런 명예욕도, 사심도 없이 순간적인 재치로 읊은 김삿갓의 시는, 다른 곳에서는 좀처럼 찾기 힘든 소중한 전통의 향취와 가치를 지니고 있다.

나는 김삿갓의 모든 시를 좋아하지만, 특히 〈요강〉이라는 시는 유난히 내 마음에 든다.

더럽고 추한 것에서 아름다움을 끄집어낸 이 시엔, 한국 고유의 해학과 풍류가 푹 고아낸 설렁탕 국물처럼 진국으로 녹아들어 있다. 춥고 깊은 밤에도 소변 보는 일을 번거롭게 하지 않는 요강의 소중함을 누구보다도 잘 알고 있었기에, 그 냄새나는 것을 가지고 이처럼 재미있는 시를 쓸 수 있었을 것이다.

아씨 마님도 거추장스럽기 짝이 없는 한복의 치맛자락을 조심스레 걷어 올리고 오줌을 누고, 감투 쓰고 수염을 석 자나 기른 정승도 요강 앞에 선 무릎을 꿇고, 단단하게 만든 구리 산에 쏴—하고 울리는 폭포 소리가 상쾌하다니, 이러한 시를 과연 누가 또 쓸 수 있을까? 김삿갓의 시를 읽으면 이처럼 그림을 보는 듯한 생생한 표현력과 빠지지 않는 풍자에 감탄을 그칠 수 없게 된다.

20년 가까이 김삿갓의 시를 가슴에 품어오던 나는 1990년대 중반 김삿갓의 주옥같은 시 열여덟 편에 곡을 붙여 두 장짜리 음반을 제작하였다. 매일 아침 여섯 시에 일어나 목욕재계하고, 맑은 공기를 마시며 정신을 가다듬고 오전에만 작업했다. '김삿갓' 이라는 타이틀의 그 음반에서 나는 작곡, 편곡, 연주, 녹음, 믹싱 등 모든 작업을 혼자서 해냈다. 고독한 작업을 하는 1년 동안 때때로 김삿갓의 혼령이 나타나 내 모습을 보고 껄껄 웃고 있는 듯한 기분이 들기도 하였다.

세상만사의 명분 이미 정해진 것을
덧없는 인생들 괜히 서두르고 있지.

김삿갓의 시에 누가 되지 않도록 혼신의 힘과 정성을 다해서 만든 음반이 완성되자, 마치 내가 새로 태어난 것 같은 기분이 들었다. 그 후로 사랑

하는 후배들이 나에게 한국 최초로 헌정 음반을 만들어주었고, 세종문화
회관 공연과 독일 정부 초대로 월드컵 기념 공연을 다녀오기도 했다. 얼
마 전에 발표한 신작 음반과 함께 과거 레코드판으로 발매되었던 음반들
도 내 손으로 직접 디지털 리마스터링을 하여 CD로 만들어내고 있다. 올
해로 예순여섯 살이 되었지만, 여전히 내가 힘을 내 여러 가지 작업을 할
수 있는 것은 어려웠을 때 안식과 위안이 돼주었던 김삿갓의 시가 있었기
때문인지도 모른다. 언젠가 그에게 고맙다는 말을 하고 싶다.

번역문학가 **양억관**

꽃게는 내려오지
않을 것이다 / 이산하

[미래의 기억]

내려오지 않을 것이라는 말은
미래의 어떤 시점에서 거기에 있는 나의 모습을
하나의 기정사실로 만드는 것이기도 합니다.
이는 미래의 예감입니다. 젊은 영혼이 자신의 미래를
'등나무'와 '꽃게'로 상징하였습니다.
이제 그 미래의 예감은 하나의 기억이 되어
'지금의 의식'에 새겨집니다.
미래의 기억은 그렇게 만들어지는 것입니다.

1956년 경남 울산에서 태어나 경희대 국문과 및 동 대학원을 졸업하고, 그해 일본으로 유학하여 1992년에 아시아대 경제학부 박사 과정에서 일본 근대사회 사상사와 신비 사상가 루돌프 슈타이너 및 문화인류학을 연구했다. 주요 역서로 《남자의 후반생》 《물은 답을 알고 있다》 《냉정과 열정 사이》 《항우와 유방》 등이 있다.

꽃게는 내려오지 않을 것이다

이산하

몇 해 전에 아버지는
바다 밖으로
등나무 하나를 심어놓고
어디론가 떠나버렸다

물놀이 가신지도 몰랐다

나는
어둠이 내릴 때마다 물을 주며
등나무를 키웠다

등나무 그늘에는
늘 꽃게 한 마리가 놀다 갔는데
그러던 어느 날
꽃게는

그의 머리 위로 등나무 가지가
휘어져가는 것을 보았다

그러나
등나무는 휘어지면서도 더욱
가지와 잎을 피워갔고

어둠은
등나무가 휘어지기 전에도
이미 내려와 있었다
겨울의 등나무 아래에는
잎이 없이도 살 수 있는 사람들이 몰려와
그 동안의 이야기를 한다

꽃게는

그 동안의 포근하고 아늑했던 방을 버리고
웬만한 바람이 불어도 흔들리지 않던
등나무 뿌리가 조금씩 흔들리는 것을 느끼며
가장 맑은 눈빛으로
그 위로 올라간다

등나무
등나무
세상에서 가장 넓은 그늘을 가진
나의 등나무
내 아버지의 등만큼이나 굽어버린
넝쿨이며
길 잃은 꽃게 한 마리

아버지가 돌아가신 건 그 이듬해였다

134

해와 달의 가장 밝은 생각처럼

그것이 물인 것처럼……

꽃게는,

꽃게는 내려오지 않을 것이다

미래의 기억

미래는 어떻게 다가올까요?

지금도 그렇지만, 젊은 시절 눈앞이 캄캄했던 적이 있었습니다. 어떻게 살아야 할지 아무도 가르쳐주지 않았고, 아무리 생각해도 길은 보이지 않았습니다. 그런 시절에 난 이 시를 읽었습니다. 이십 대 초반의 시인이 절실한 마음으로 쓴 시라 더욱 마음에 와 닿았는지 모르겠습니다. 그때 '아, 좋다'는 느낌을 받았습니다. 내게는 이 시를 꼼꼼하게 분석할 언어도 없었고, 의욕도 없었습니다. 왠지 그냥 좋았습니다.

이제 나이가 들어 이 시를 다시 읽어보았습니다—시인도 나이가 들었겠지요—그리고 알았습니다. 이 시가 좋았던 이유를 안 것입니다.

시의 화자는 아버지가 심어놓은 등나무에 물을 주며 키웁니다. 거기에 꽃게 한 마리가 놀러 옵니다. 그런데 그 등나무에는 벌써 어둠이 내려와 있고, 뿌리는 흔들립니다. 꽃게는 아늑한 바다의 방을 버리고 그 위로 올라갑니다.

이런 내용으로 전개되다가, 시인은 어느 순간에 슬쩍 화자와 꽃게를 동일시해 버립니다. 아무런 매개도 없이 창졸간에 '나'와 '꽃게'가 하나가 되어 있는 것입니다. 그러나 어색하지 않습니다. 너무도 자연스러운 걸 보면, 아마도 '시인＝화자＝꽃게'의 등식이 성립하고 있기 때문일 것입니다. 그래서 꽃게는 시인이 연단煉丹한 의식의 모습임을 알게 됩니다. 그

136

꽃게가 오른 곳은 고작 나지막한 등나무, 다른 나무에 의지해서 꾸불꾸불 가지와 잎을 펼쳐 사람을 위해 그늘을 만들어주는, 참으로 낮은 토포스 (topos)입니다. 시인은 그것을 "세상에서 가장 넓은 그늘을 가진 나의 등나무"라고 했습니다. 그렇다면 꽃게가 올라간 곳은 수평으로 세상을 덮는 어떤 '곳'이며, '것'입니다.

그런데 왜 꽃게는 그리 낮은 곳에 오르려 했을까요? 고양된 의식은 흔히, 높은 산봉우리와 하얀 눈 덮인 인적 없는 설산에서 순수 고독과 바다보다 깊고 하늘보다 높은 내면을 소리 없는 소리로 고고하게 외치는 경향을 가지는데 말입니다. 그 고고한 의식은 세상 모든 관계의 그물을 단칼에 잘라버리는 서늘한 결단을 가지고 있습니다. 그것은 고독한 수직이며, 우주의 모든 것과 '나'를 구분하는 자의식이기도 합니다.

그러나 이 시의 '나'가 바라보는 모든 것은 수평입니다. 아버지가 바다의 바깥에다 등나무를 심은 것도 그 수평을 옮겨놓은 것입니다. 아마도 여기서의 바다는 시원始原일 겁니다. 어떤 개념으로도 간단히 규정할 수 없는 시원, 모든 것이 나오는 곳. '나'보다 앞서 살아간 어떤 존재인 '아버지'는 그 시원의 바깥에다 그것과 닮을 수밖에 없는 등나무 한 그루를 심어놓았습니다. 그러고는 해와 달이 뜨고 지고 물이 흘러가듯 세상을 떠납니다.

이제 머릿속에 그림이 그려집니다. '바다(시원)—아버지(앞선 삶)—나'.

이것은 '나'의 역사입니다. 내가 어디서 왔는가에 대한 자각입니다. 그렇다면 그 다음은 '어디로 갈 것인가'가 될 것입니다.

"꽃게는 내려오지 않을 것이다".

꽃게는 '나'가 관찰하는 대상이기 때문에 한 번도 자기 말을 하지 않습니다. 그 '나'가 '꽃게'를 바라보며, 내려오지 않을 것이라고 가정합니다. 그건 절대로 내려오지 않겠다는 꽃게를 연단한 내 의지의 표현이기도 합니다. 꽃게는 '나'의 의식입니다. 수평으로 퍼져 나가는 어떤 토포스에서 내려오지 않는 꽃게(자의식)의 모습이 바로 시인의 지향임을 알 수 있습니다.

내려오지 않을 것이라는 말은 미래의 어떤 시점에서 거기에 있는 나의 모습을 하나의 기정사실로 만드는 것이기도 합니다. 이는 미래의 예감입니다. 젊은 영혼이 자신의 미래를 '등나무'와 '꽃게'로 상징하였습니다. 이제 그 미래의 예감은 하나의 기억이 되어 '지금의 의식'에 새겨집니다. 미래의 기억은 그렇게 만들어지는 것입니다.

등나무 꽃을 본 적이 있을 테지요. 동해의 푸른 바다에 찬란한 햇빛이 세 시간 정도 내리비쳤을 때, 그때 빛나는 파란색을 손톱만큼 떼어내 등나무에 달아놓으면, 그게 바로 등나무 꽃입니다. 아버지가 바다의 바깥에 심은 것도 작은 바다(등나무)였던 것입니다. 그러기에 꽃게가 찾아온 거지요. 그러나 길을 잃은 꽃게입니다. 불안합니다. 등나무는 뿌리째 흔들리고 거기에 어둠이 내려와 있습니다. 저 낮은 높이가 나의 자리가 될 수 있을지 어떤 확신도 서지 않습니다. 그렇지만 예감은 있습니다. 저곳이 나의 자리가 될 수 있다는 예감. 그래서 꽃게는 기어오른 것입니다. 아마도 꽃게답게 게걸음으로 걸으며 툭 튀어나온 눈알을 일 초에 다섯 번은 움직였을 것입니다.

그 꽃게는 아직도 흔들리는 등나무에서 내려오지 않고 있을 것입니다.

젊은 시절에 내 눈앞이 캄캄했던 것은 아마 미래의 기억을 떠올릴 수 없었기 때문이었겠지요. 젊은이의 가장 큰 무기는 과거가 없다는 것입니다. 다만 그들에게는 미래를 기억할 권리가 있을 따름입니다. 나는 그런 젊은이의 권리를 행사하지 못했습니다. 아마 어딘가 의식이 비뚤어져 있었던 거지요. 참으로 어리석은 시간을 보냈습니다. 그런 기억이 나를 아프게 합니다.

중년쯤 된 사람이면 가끔 자기도 모르게 고개를 저으며 떨쳐버리고 싶은 과거의 잔해가 섬광처럼 스쳐 가는 순간이 있을 것입니다. 그런 잔해는 좀처럼 우리 의식에서 떨어져 나가지 않습니다. 그렇다 하더라도 이제부터는 미래를 떠올려야 하겠습니다. 이미 없는 과거에 얽매이는 건 경제 법칙으로 보아도 맞지 않는 일입니다.

이 시는 시인의 초기 작품입니다. 스무 살 남짓한 1970년대 말이나, 1980년대 초에 써졌습니다. 그 후 시인은 또 어떤 미래를 기억해 냈는지 알 길 없지만, 그 과정이 만만치 않을 정도로 아팠으리란 것은 짐작하고도 남습니다. 늘 맑은 눈을 가질 때만 기억을 떠올릴 수 있을 테니까 말입니다. 조금이라도 한눈을 팔면 우리의 의식은 마비라는 편한 길을 선택하고 맙니다. 피를 흘리지 않고서는 도취와 마비를 잘라낼 수 없었을 겁니다.

어쩌면 그건 등나무에 올라가서 내려오지 않는 꽃게의 운명일지도 모르겠습니다. 서정적이면서도 장엄한 결단이 감추어진 시라 하겠습니다.

케이블 TV 진행자 **유난희**

가지 못한 길 / 로버트 프로스트

[아무도 가지 않은 길]

'가지 못한 길' 이란 내가 선택하지 못한 것도 되지만
반대로 남들이 선택하지 못한 것이라는
의미도 된다는 것을 이 시를 통해서 알았다.
케이블 TV를 선택하면서, 그렇게 가고 싶었던
프랑스 파리를 포기했지만 그 선택은
나의 모든 것을 바꾸어놓았다.

1965년 서울에서 태어나 숙명여대 가정학과를 졸업하고, 현재 연세대 언론홍보대학원 석사 과정 중에
있다. 1991년 케이블 TV 아나운서로 인기를 모았으며 1995년 39쇼핑의 공채 1기 쇼호스트로서 케이
블 TV 진행자로 활약, 〈유난희의 명품 갤러리〉를 진행했으며 현재 KBS 및 MBC의 방송아카데미 강
사로 활동 중이다. 자전적 에세이 《명품 골라주는 여자》의 저자로 젊은 층의 인기를 모으고 있다.

가지 못한 길

로버트 프로스트

단풍 든 숲 속에 두 갈래 길이 있더군요.
몸이 하나니 두 길을 다 가볼 수는 없어
나는 서운한 마음으로 한참 서서
잣나무 숲 속으로 접어든 한쪽 길을
끝 간 데까지 바라보았습니다.

그러다가 또 하나의 길을 택했습니다.
먼저 길과 똑같이 아름답고,
아마 더 나은 듯도 했지요.
풀이 더 무성하고 사람을 부르는 듯했으니까요.
사람이 밟은 흔적은
먼저 길과 비슷하기는 했지만,

서리 내린 낙엽 위에는 아무 발자국이 없고
두 길은 그날 아침 똑같이 놓여 있었습니다.

아, 먼저 길은 다른 날 걸어보리라! 생각했지요.
인생길이 한번 가면 어떤지 알고 있으니
다시 보기 어려우리라 여기면서도.

오랜 세월이 흐른 다음
나는 한숨지으며 이야기하겠지요.
숲 속에 두 갈래 길이 나 있었다고,
그래서 나는 사람들이 덜 밟은 길을 택했다고.
그것이 내 운명을 바꿔놓았다고.

아무도 가지 않은 길

인생은 선택의 연속이다. 마치 게임처럼 지루하지 않고 재밌다. 사랑하지만 떠나보낸 사람도 있고, 가고 싶지만 가지 않은 곳도 있으며, 하고 싶지만 하지 못한 일들도 많다.

우리 인생은 선택으로 일관되는 삶이다. 어느 쪽을 선택해야 하는지 항상 많은 생각과 고민을 하게 된다. 하지만 그리 어렵게 선택하고 난 후에도 시간이 흐르면 역시 선택하지 않은 쪽에 대해 미련과 아쉬움을 느끼며, 또 얼마나 많은 후회를 하는지 모른다.

로버트 프로스트의 시 〈가지 못한 길〉을 처음 접한 것은 고등학생 때였다. 수업 시간에 배운 이 시를 난 오로지 시험을 잘 보기 위해 머리로만 이해하기에 바빴고 가슴으로는 전혀 느끼지 못했다. 하지만 우리 인생은 모든 것이 선택에 의해서 이루어지는 한 편의 드라마라는 것을 깨닫게 되면서 난 〈가지 못한 길〉이라는 이 시를 가슴으로 느끼게 되었다.

프랑스를 동경해서 불어 과목을 좋아했던 나는 대학에서 불문학을 공부하고 싶었다. 하지만 대학 입시 때 아버지의 반대로 가정학을 공부해야 했다. 불문학을 전공해서 프랑스 파리로 공부하러 가겠다는 딸의 생각을 아버지는 이해할 수 없으셨던 것이다. 아버지는 얌전히 가정학을 공부해서 가정 선생님이 되었으면 하는 바람을 강요하셨고 나는 아버지의 선택을 받아들였다.

다행인지 불행인지 난 나의 전공에 정을 붙이지 못했다. 그러면서 어렸을 때부터 막연히 꿈꿔왔던 방송 아나운서 쪽으로 진로를 바꿔갔다. 하지만 대학 내내 아나운서 시험을 준비한 나에게 방송사는 냉정했다. 수십 번 낙방이라는 쓴잔을 마신 나는 다시 공부해야겠다고 생각했고, 미련이 남아 있던 불문학 공부를 위해 유학 준비를 했다.

1991년, 내게 방송 언어를 가르쳐주신 KBS의 김상준 선생님으로부터 걸려온 한 통의 전화는 나의 운명을 완전히 바꿔놓았다. 당시 KBS 아나운서였던 선생님은 나에게 우리나라에서 처음으로 시작하는 케이블 TV 시범 방송의 아나운서 모집에 응시해 보라는 정보를 주셨던 것이다. 우리나라에서 방송사라면 KBS와 MBC밖에 없었던 그 시절, 케이블 TV라는 말은 내게 너무나 생소했고 그것에 대해 알려진 정보가 전혀 없었기 때문에 나는 고민하기 시작했다.

'프랑스로 유학을 갈 것인가, 아니면 전혀 들어보지 못한 케이블 TV라는 곳에서 일해 볼 것인가?'

두 갈래의 길 위에서 나는 무수한 고민을 했다. 하지만 일단 원서를 넣어놓고 고민하고 있었던 내게 단 한 명의 합격자가 바로 '나'라는 기쁜 소식이 전해졌을 때, 난 과감히 두 번째로 프랑스 유학을 포기했고, 낯선 케이블 TV에서 일하게 되었다. 한편으로는 하고 싶었던 아나운서의 꿈을 이룬 듯싶었다.

어느 날 케이블 TV에 대한 정보가 담긴 책을 찾으러 서점에 갔다가 우연히 로버트 프로스트의 시를 발견했다. 정확하게 기억나지는 않지만

'……세계의 명시'라는 제목의 책이었던 것 같다. 책을 뒤적이다가 로버트 프로스트의 〈가지 못한 길〉이라는 시를 보게 되었는데 아주 오랜만에 다시 그 시를 읽으면서 왠지 모를 전율이 내 몸에 전해지는 것을 느꼈다. 마치 나의 과거를 되돌아보는 듯, 내 맘속을 들여다보는 듯 가슴이 두근거렸다. 그때부터 로버트 프로스트의 〈가지 못한 길〉은 나의 뇌리와 입술에서 떠나지 않았다.

1995년 우리나라에 처음 소개된 홈쇼핑 방송사가 '쇼호스트'를 뽑는다는 공고를 냈을 때도 난 아무도 '가지 못한 길'이라는 설렘으로 자신 있게 응시했고 그 선택은 이 시의 말미처럼 나의 모든 것을 바꿔놓았다.

살다 보면 선택하지 않고 보내버린 것들이 많다. 1991년 케이블 TV에서 일할 수 있는 기회를 버리고 프랑스로 유학을 떠났다면 지금쯤 나는 어떤 모습을 하고 있을까? 1995년, 공중파 방송사의 아나운서가 아닌 홈쇼핑 쇼호스트라는 직업을 남들이 전혀 알아주지 않는다는 이유로 선택하지 않았다면 현재 나는 어떤 모습을 하고 있을까?

케이블 TV로의 나의 첫걸음은 쇼호스트라는 현재의 내 모습을 만들어주었다. 아무도 알아주지 않는, 낯선 홈쇼핑이라는 세상에서 역시 아무도 알아주지 않는 쇼호스트라는 직업을 선택한 난, 남들이 알아주기 이전에 내가 앞장서 이 직업을 개척했고 세상에 알려나갔다. 재미있는 사실은, 나는 항상 안정되고 알려진 직장보다는 새로 창업하거나 생소한 분야를 시작하는 직장에서 일하는 것이 더 즐겁고 신이 난다는 점이다. 로버트 프로스트의 〈가지 못한 길〉에서처럼 남들이 가지 않은 길을 선택했을 때

146

나는 마치 보물섬을 찾기 위해 배를 띄우듯 가슴이 설레고 흥분이 된다.

쇼호스트 일을 하면서 주로 명품과 패션 상품을 소개하다 보니 매년 프랑스로 출장을 가게 된다. 그때마다 파리의 노천카페에 앉아 카푸치노의 풍부한 거품을 음미하며 프랑스 파리와 나와의 인연에 대해 생각하면 기분이 묘해진다.

두 번이나 선택하지 못했던 파리를 다른 목적으로 자주 찾게 되는 것을 생각하면 프로스트 시의 "오랜 세월이 흐른 다음 나는 한숨지으며 이야기하겠지요"라는 구절이 떠오른다. 물론 내 한숨의 의미는 전혀 다르지만 말이다.

'가지 못한 길' 이란 내가 선택하지 못한 것도 되지만 반대로 남들이 선택하지 못한 것이라는 의미도 된다는 것을 이 시를 통해서 알았다. 케이블 TV를 선택하면서, 그렇게 가고 싶었던 프랑스 파리를 포기했지만 그 선택은 나의 모든 것을 바꾸어놓았다.

숲 속에 두 갈래 길이 나 있었다고,

그래서 나는 사람들이 덜 밟은 길을 택했다고.

그것이 내 운명을 바꿔놓았다고.

지금도 이 시를 애송하는 난 특히 이 마지막 구절을 가장 좋아한다. 그리고 나의 인생이 항상 이 구절처럼 그렇게 만들어지고 있음을 느낀다.

서울특별시 교통정책보좌관

음성직

칠보시 七步詩 / 조식

[칠보시의 덕]

'교통' 이라는 한 울타리 안에서 여러 형태의 전문가
생활을 하며 여러 차례 쉽지 않은 결정을 내렸지만,
지나고 난 후 생각해 보니 크게 잘못 살지 않은 게
바로 '칠보시의 덕' 이 아닌가 싶다.

1947년 충남 천안에서 태어나 연세대 응용통계학과를 마치고 동 대학원에서 경제학 석사,
미국 노스웨스턴대에서 박사 학위를 받았다. 중앙일보 편집국 수석 전문위원을 지내고 현
재 서울특별시 교통정책보좌관으로 재직 중이며, 저서로 《한국도시론》(공저) 《국토 50년》
(공저) 등이 있다.

칠보시七步詩

煮豆燃豆萁
豆在釜中泣
本是同根生
相煎何太急

콩깍지를 태워 콩을 볶으니,
콩이 가마솥 안에서 우네.
본래 한뿌리에서 나왔건만,
서로 들볶기가 어찌 이다지 심한지.

150

칠보시의 덕

숨 막히는 긴장감도 한순간. 이윽고 위왕 조비曹丕의 발걸음이 떨어진다. 한 발짝 두 발짝……. 궁궐 안은 살기 가득한 발걸음 소리뿐 적막 그 자체다. 절체절명의 위기에 처한 조식曹植은 조비의 일곱 발걸음이 채 끝나기 전에 "콩깍지를……"이라며 시를 읊는다.

위왕은 물론 궁궐 안 관중들은 모두 숨을 죽인다. 책을 읽던 나도 어느새 그 틈에 끼어 함께 침을 삼킨다. 나는 이렇게 삼국지를 읽을 때마다 매번 분명 죽을 목숨이던 조식이 살아나는 순간이 오면 조용히 책을 덮는다. 그리고 눈을 감고, 처절한 감격의 순간순간을 곰곰이 되새겨본다.

조조에 이어 조비가 왕이 된 후 삼남 조식은 왕권에 뜻이 없음을 알리기 위해 일부러 매일 술독에 빠져 산다. 그래도 조비의 신하들은 조식을 죽여야 후환이 없다고 아우성이다. 그런 위기의 상황에서 조식은 오히려 '형이 동생을 어찌 그리 핍박하느냐'는 질책을 한 셈이다. 살려달라고 애원하기는커녕 형을 나무라는 동생의 시를 듣는 조비의 표정은 어땠을까. 어찌됐든 조식은 이 시로 죽음을 면한다.

어떻게 이런 시상詩想이 그 순간에 가능한가. 분명 단순한 기지奇智는 아니다. 나는 상황을 이해하기 너무 어려워, 혹시 조비가 사전에 준비한 플롯이 아닐까 생각도 해본다. 조식을 반드시 죽여야 한다는 신하들의 주장에 조비는 어머니를 생각해 여러 번 난색을 표한다. 그렇다면 동생을 죽이기 싫어 시제를 동생에게 은밀히 귀띔해 준 후, 신하들 앞에서 오히려 면죄부를 주었을까.

그러나 이 가설은 글의 흐름에 어긋난다. 조비는 먼저 '두 마리의 소가 담벼락 곁에서 싸우는 그림'을 놓고 시를 짓게 해 조식을 시험했다. "콩깍지를……"은 조비가 낸 두 번째 문제다. 어떻게든 조식을 죽이려는 신하들 강권에 할 수 없이 낸 보너스 문제를 조식은 한 배에서 태어난 형제애에 호소하는 기지로 풀어 위기를 넘긴 것이다. 그 후, 조식이 한 번도 중용重用되지 못하고 마흔의 나이에 화병으로 죽은 걸로 미루어볼 때 조비는 조식을 아끼지 않은 게 분명하다. 때문에 동생을 살려주려고 각본을 짰다는 주장은 설득력이 없다.

사전 각본이 아니라면 무엇이 조식을 살렸을까? 뛰어난 조식의 문재文才가 그를 살렸을 것이다. 조비의 신하들은 "조식은 입만 벌리면 바로 그게 문장이 된다"라고 했고, 위진남북조 시대 진晉나라를 대표하는 문장가였던 사영운謝靈運은 "온 세상 재주의 총량이 한 섬이라면 조식이 그중 여덟 말을 차지한다"라고도 했다.

원래 조조 삼부자는 건안建安 문학의 대표 주자로 꼽힐 만큼 문학적 재능이 뛰어났다. 그중에서도 조식은 특히 건안 문학의 대표적 형태인 악부시(고정된 구법이나 장법 없이 자유로운 시)에 능했다고 한다. 조비도 문학에 상당한 애정을 갖고 있었다. 그런 조비로서는 조식의 재능을 차마 거두기 어려웠을 것으로 보인다. 더욱이 이 시를 듣고 조비는 동생의 심정을 십분 이해했을 터다.

152

조식은 어떤 심정이었을까. 죽음의 칼날이 바로 코앞에 온 순간 그의 머리는 오히려 더욱 맑아졌을 것이다. 무념, 무욕의 심정으로 형에게 퍼부은 어리광 담긴 항의는, 형은 물론 살기등등한 신하들마저 감복하게 만들었고, 상황은 일순간에 반전된 것이다.

나도 학창 시절에는 시 몇 편씩을 끼적여 친구들 앞에서 발표해 보기도 했다. 그럭저럭 지속했으면 본업이 글쓰기가 됐을 정도로 몰두했었다. 그런 나를 일찍 깨우친 게 바로 조식의 〈칠보시七步詩〉다. 간결하게 폐부를 찌르는 이 시를 읽는 순간, 나는 한없이 초라해졌다. 부끄러웠다. 어떻게 이런 재능을 따를 수가 있단 말인가. 시는 노력보다 재능이 있어야 한다는 걸 폐부로 느낀 나는 몇 날을 고민했다. 나에게도 재능이 있나? 아무것도 안 보였다. 결국, 바보짓은 그만 하기로 했다. 다음 날부터 나는 수학 공부에 매달렸다.

지금 생각하면 너무 당돌한 어린 날의 겁 없는 생각과 결정이었다. 그러나 지금도 후회하지 않는다. 다시 생각해 봐도 내 재능 수준을 봐서는 그때나 지금이나 잘한 결정이다. 그 후에도 나는 삶의 위기를 느낄 때마다 조식의 시를 떠올리곤 한다. 대학에 가고, 직장을 잡고, 결혼해서 가장이 되고, 자식을 낳는, 남들처럼 평범한 삶의 과정을 겪으면서 나는 특이하게도 직업을 여러 번 바꿨다. 연구원 5년, 교수 3년, 또다시 연구원 12년, 기자 8년, 지금의 공무원 등 흔하지 않은 직업 역정歷程을 거친 셈이다.

직업을 바꿀 때마다 나는 '인생이 걸린 결심'을 해야 했고, 그런 순간마다 무의식적으로 조식의 〈칠보시〉를 떠올리며 생각을 가다듬곤 했다. 특히 위기의 순간이라고 판단될 때는, 더욱 시를 짓던 때의 조식의 처지에 나를 대입해 온갖 지혜를 짜내며 앞날을 재보기도 했다.

'교통'이라는 한 울타리 안에서 여러 형태의 전문가 생활을 하며 여러 차례 쉽지 않은 결정을 내렸지만, 지나고 난 후 생각해 보니 크게 잘못 살지 않은 게 바로 '칠보시의 덕'이 아닌가 싶다.

지금도 그렇지만 앞으로도 내 앞길엔 여러 형태의 위기가 도사리고 있다는 느낌을 지울 수가 없다. 그럴 때마다 나는 칠보시를 떠올리며 혼신의 힘을 다해 지혜를 짜내서 위기를 헤쳐 나갈 수 있기만 바랄 뿐이다. 지금까지 그랬던 것처럼.

서울특별시장 **이명박**

그 사람을 가졌는가 / 함석헌

[그 사람이 되고자]

"그 사람을 가졌는가?"라는 물음은 나의 삶 전체를
돌아보게 하는 화두가 되었고,
살아가면서 풀어가야 할 과제가 되었다.
다만 내가 한 사람에게라도 "그 사람"으로 기억된다면
나는 자신 있게 "아름다운 이 세상 소풍 끝내는 날, /
가서, 아름다웠더라"라고 말할 수 있을 것이다.

1941년 경북 포항에서 태어나 고려대 경영학과 졸업 후, 현대건설 사원으로 입사한 지 12
년 만에 사장이 되었고, 현대 계열 8개 사의 회장을 역임했으며, 14·15대 국회의원을 거
쳐 서울특별시장으로 재임 중이다. 저서로 《6·3학생운동사》 《신화는 없다》 《절망이라지만
나는 희망이 보인다》가 있다.

그 사람을 가졌는가

함석헌

만릿길 나서는 길
처자를 내맡기며
맘 놓고 갈 만한 사람
그 사람을 그대는 가졌는가

온 세상 다 나를 버려
마음이 외로울 때에도
'저 맘이야' 하고 믿어지는
그 사람을 그대는 가졌는가

탔던 배 꺼지는 시간
구명대 서로 사양하며
'너만은 제발 살아다오' 할
그 사람을 그대는 가졌는가

불의不義의 사형장에서
 '다 죽여도 너희 세상 빛을 위해
저만은 살려두거라' 일러줄
그 사람을 그대는 가졌는가

잊지 못할 이 세상을 놓고 떠나려 할 때
 '저 하나 있으니' 하며
빙긋이 웃고 눈을 감을
그 사람을 그대는 가졌는가

온 세상의 찬성보다도
 '아니' 하고 가만히 머리 흔들 그 한 얼굴 생각에
알뜰한 유혹을 물리치게 되는
그 사람을 그대는 가졌는가.

그 사람이 되고자

누구에게나 대답하기 쉽지 않은 질문이 있을 것이다. 나에게는 '쉬는 시간에는 무엇을 하세요?'라는 질문이 그렇다. '쉬는 시간'을 별로 많이 가져보지 못했기 때문이다. 지금도 그렇지만 기업에 있을 때는 더욱 심했다. 새벽부터 밤늦게까지 일정이 짜여 있었기 때문에 내가 좋아하는 것을 하기 위해서는 일부러 시간을 만들어내야 했다. 한번은 런던 출장 중에 저녁 식사 대신 파리에 가서 발레 공연을 보고, 밤늦게 다시 런던으로 돌아온 적도 있었다. 클래식 음악을 좋아해서 자동차만 타면 음악을 듣고, 밤새워 책을 읽으며 한두 시간 정도만 눈을 붙이기도 하고, 여름이면 시 워크숍에 참가하기도 했다.

나를 '일만 하는 사람'으로 오해하는 사람들은 이런 이야기를 들으면 많이 놀란다. 하지만 나는 하루 스물네 시간을 스물다섯 시간으로 쪼개어 하루의 1/25이라도 문화생활을 하고 싶었다. 거기서 느끼는 기쁨은 건너뛴 밥 한 끼, 줄어든 한 시간의 잠과는 비교할 수 없기 때문이다.

나는 지금도 문화에 대한 그리움이 깊다. 이제는 시장이 되어 공식적인 문화 행사에 많이 참석하고 또 직접 주관도 하지만, 여전히 그렇다. 류시화 시인이 "그대가 곁에 있어도 나는 그대가 그립다"라고 했던가. 문화를 향한 나의 마음이 그와 비슷할 것이다. 나는 특히 시를 즐겨 대하는 편이다. 시는 대할 때마다 울리는 감동의 폭이 다르기 때문이다. 또 나는 시 한 구절에서 철학 책 한 권을 읽은 것 같은 깨달음을 얻기도 한다. 그래서 집무실 서가에 내가 직접 사서 꽂아둔 책은 모두가 시집이고, 차 안에도 몇 권을 두어 틈틈이 읽곤 한다. 지난봄에 열렸던 하이 서울 페스티벌(Hi Seoul Festival) 중에 내가 가장 정성을 기울여 참여한 행사도 바로 '시 낭독회'였다. 거의 한 달을 고민하여 시 한 편을 선정하고, 전문가에게 낭독법도 교수받았다. 카세트테이프에 녹음하여 밤마다 집에서, 그리고 이동하는 자동차 안에서 연습을 하고 무대에 올랐었다.

좋아하는 많은 시 중에서 그래도 한 편, 늘 되뇌는 시를 고르라면 나는 함석헌 선생님의 〈그 사람을 가졌는가〉를 꼽는다. 내가 이 시를 처음 접한 것은 기업에 재직하던 때다. 요즘으로 말하면 동호회를 만들어서 1년에 한 번, 시인과 함께 1박 2일로 워크숍을 갔을 때였다. 물론 워크숍에 참가한 횟수가 한 손으로 꼽아도 손가락이 남을 정도지만, 그래도 그때 시에 대하여 많이 배웠다. 시를 감상하는 법도 배우고, 직접 써보기도 하고, 모닥불에 둘러앉아 온갖 폼을 다 잡아가며 자작시를 낭독하기도 했었다. 이 시는 별이 쏟아질 것 같던 어느 여름밤, 함께 간 시인이 읽어준 것이다.

온 세상 다 나를 버려
마음이 외로울 때에도
'저 맘이야' 하고 믿어지는
그 사람을 그대는 가졌는가

타닥타닥 타 들어가는 모닥불 소리만 가득하고 온 세상이 모두 숨죽인 그 밤에 나는 많은 생각에 잠겼다. 가족을 제외하고 내게 "그 사람"은 누구인가? 몇몇의 얼굴이 떠오르다가 사라졌다. 종교적인 관점에서의 답변은 쉬웠지만 사회에서 만난 사람들 중에서 찾는 것은 그리 쉽지 않았다. 그러다가 '나를 "그 사람"으로 여기는 사람이 몇이나 될까?'라는 생각이 들었다. 온 세상이 등을 돌려도 나만은 굳건하게 서 있으리라고 믿어주는 사람이 얼마나 될까? 내가 "세상 빛을 위해 저만은 살려두거라"라는 말을 들을 만한 사람인가? 마지막 숨을 쉴 때 나로 인해 빙긋이 웃으며 눈을 감을 사람들은 누구일까? 나는 무엇을 위해 이렇게 바쁘게 살아왔는가? 앞으로는 어떻게 살아가야 할까?

어제를 돌아보고 내일을 그리면서 나를 그 밤, 그 자리에 있게 한 이웃들을 생각했다. 내가 시골에서 야간 상업고등학교라도 갈 수 있게 애써주신 선생님, 책 사는 데 돈이 턱없이 부족한 내게 "마음 바뀌기 전에 있는 돈만 주고 빨리 가져가라" 하며 호통 치고 등 떠밀던 청계천 헌책방 아저씨, 환경미화원 자리를 마련해 준 이태원 재래시장 상인들 등……. 그 모든 분들 덕분에 나는 학교를 다닐 수 있었고, 그래서 결국 그 밤의 내가, 그리고 오늘의 내가 있는 것이다.

나는 한시도 그분들의 은혜를 잊은 적이 없었고, 앞으로도 남은 세월 동안 깊이 간직할 것이다. 다만 일일이 찾아가 보은하지 못하는 대신에 이제는 내가 '도움의 손길'이 되려 한다. 그분들이 나의 어려움을 외면하지 않았듯이 나도 누군가에게 온 세상이 다 버려도 나만은 손을 잡아주는

160

사람이 되고자 한다. 어쩌면 세상은 그렇게 돌아가도록 신이 섭리했는지도 모른다. 내가 너를 도우면 너는 나를 돕는 것이 아니라 또 다른 사람을 돕도록 말이다. 그렇게 하여 도움의 체인이 연결되는 것이리라.

"그 사람을 가졌는가?"라는 물음은 나의 삶 전체를 돌아보게 하는 화두가 되었고, 살아가면서 풀어가야 할 과제가 되었다. 다만 내가 한 사람에게라도 "그 사람"으로 기억된다면 나는 자신 있게 "아름다운 이 세상 소풍 끝내는 날, / 가서, 아름다웠더라"라고 말할 수 있을 것이다. 나는 오늘도 세상에 한 줄기 빛을 더하는 사람, 유혹에 가만히 고개를 저을 수 있는 사람이 되겠다는 다짐으로 새벽을 연다. 출근할 때, 굳이 집에서 먼 혜화역으로 향하는 이유도 그곳에 이 시가 새겨진 함석헌 선생님의 시비詩碑가 있기 때문이다. 내 인생의 지표가 된 이 시를 매일 아침 새롭게 가슴에 새기며 시비를 지난다.

사비나미술관장 · 국민대 교수 **이명옥**

수선화에게 / 정호승

[외로움은 내 영혼의 거름]

인생이라는 땅을 경작하는 데
슬픔과 외로움만 한 거름은 없다는
사실을 거듭 깨닫게 하는 시!
그래서 하느님도 시인의 외로움에 전염되어
그만 눈물을 흘리시는가 보다.

1955년 서울에서 태어나 성신여대를 졸업하고 소피아국립미술대학원 회화과 석사를 졸업했
으며, 홍익대 미술대학원 석사 과정을 수료했다. 1996년 갤러리 사비나를 개관, 현재 사비나
미술관 관장 및 국민대 미술학부 겸임교수로 재직 중이다. 저서로 《사비나의 에로틱 갤러리》,
《팜므 파탈》 등이 있다.

수선화에게

울지 마라
외로우니까 사람이다
살아간다는 것은 외로움을 견디는 일이다
공연히 오지 않는 전화를 기다리지 마라
눈이 오면 눈길을 걸어가고
비가 오면 빗길을 걸어가라
갈대숲에서 가슴검은도요새도 너를 보고 있다
가끔은 하느님도 외로워서 눈물을 흘리신다
새들이 나뭇가지에 앉아 있는 것도 외로움 때문이고
네가 물가에 앉아 있는 것도 외로움 때문이다
산 그림자도 외로워서 하루에 한 번씩 마을로 내려온다
종소리도 외로워서 울려 퍼진다

164

외로움은 내 영혼의 거름

지난 6월, 수개월 동안 진을 뺀 《팜므 파탈》을 탈고한 후 마음속으로 다짐했다. '앞으로 3개월간 보고 싶은 책을 물리도록 읽겠다'고. 독재 정권 시절 서슬 푸른 검열을 피해 이념 서적을 읽던 때라면 모를까 책을 마음대로 볼 수 없다는 것은 대체 웬 말인가? 그러나 이런 이색적인 결심을 하기까지엔 그럴 만한 이유가 있다.

나는 유독 책 욕심이 많은 편이다. 매주 각 일간지에 소개되는 신간서적란을 빠짐없이 스크랩한 기사 뭉치를 들고 한달음에 서점으로 달려간다. 사냥개처럼 킁킁대며 갓 진열된 따끈따끈한 책 냄새를 맡는 행복한 시간을 보낸 다음, 품질과 내용을 세심하게 저울질한 후 낙점한 책을 사곤 한다.

찜한 책들을 머리맡에 쌓아두고 잠자리에 드는 날은 왜 그렇게 행복한 기분이 드는 것인지. 그러나 정작 문제는 갈무리해 둔 책을 마음 내키는 순서대로 읽지 못하는 데 있다. 먼저 매년 두세 차례 개최되는 미술관 기획전 관련 자료들을 우선으로 읽어내야 한다. 작년 한 해는 〈미스터리전〉과 〈개(dog)전〉에 관한 참고 문헌을 읽느라 하루해가 짧을 정도였다. 덕분에 심리학자나 애견가 버금가는 정보와 지식을 얻긴 했지만 말이다. 올해는 연초에 열린 〈누드전〉과 여름 기획전인 〈예술가와 애愛술 이야기〉를 준비하느라 '몸'과 '술'을 주제로 한 책을 신물이 나도록 읽었다.

다음으로 읽어야 할 책은 미술 전공 서적이다. 대학의 겸임교수 직을 맡고 있어 강의 준비를 위한 책에, 꼬박 일주일하고도 며칠은 더 매달려야한다. 그뿐인가? 시간을 도둑질해서라도 집필 중인 책에 도움이 될 만한 참고문헌들을 읽어야 했다. 출간 날짜에 맞춰 탈고해야 한다는 강박관념이 꿈속에서도 꼬리연처럼 무의식을 따라다녀 잠시도 마음이 편치 않았다.

이런 상황이 계속되자 감성을 풍요롭게 가꾸는 문학 서적은 자연 찬밥 신세가 되었다. 시간이 흐르면서 영혼은 오랜 가뭄 끝의 땅처럼 갈라져 터지고 생각과 감성도 낙엽처럼 바스러지는 느낌이 들었다. 더럭 겁이 나서 일간지에 소개되는 시 한 편씩이라도 매일 읽어 메마른 영혼에 실개천 같은 물줄기나마 흘려보내기로 마음을 먹었다. 먼지가 풀풀 날리는 가슴에 촉촉한 물기가 스며들지 않으면 머리만 비대한 괴물이 될 것 같았다.

그 원초적인 두려움에 떠밀려 밀린 숙제를 해결하듯, 신문에 실린 시를 챙겨 읽었다. 그러자 아련한 청춘의 기억들이 또렷한 형체를 드러내고 제 목소리를 내기 시작했다. 가슴 깊숙이 김장독처럼 묻어둔 추억이 감칠맛 나는 냄새를 풍기며 발효하고 어릴 적 풋풋한 감성들이 아카시아 꽃처럼 아찔한 향내를 뿜으며 대기로 퍼져 나갔다.

아, 시를 노래하지 않고도 불편 없이 살 수 있다고 믿었던 나의 어리석음이여!

기실, 지면을 빌어 고백하자면 시는 내 첫사랑이다. 미술과 살림을 차리기 전, 젊음과 순정을 다 바쳐 시를 흠모하고 경배했다. 유난히 외로움을 잘 타는 기질 탓인가. 기개를 펼치는 씩씩한 시보다, 감각이 번득이는 날렵한 시보다, 식욕을 돋우는 상큼한 시보다 늦가을 추적추적 내리는 비처럼 가슴에 저며드는 시가 좋았다.

그리하여 최승자의 〈외롭지 않기 위하여〉를 읽으며 순도 백 퍼센트의 외로움을 배웠다.

외롭지 않기 위하여

밥을 많이 먹습니다

괴롭지 않기 위하여

술을 조금 마십니다

꿈꾸지 않기 위하여

수면제를 삼킵니다

마지막으로 내 두뇌의 스위치를 끕니다

그러면 온밤내 시계 소리만이

빈 방을 걸어다니죠

그러나 잘 들어보세요

무심한 부재를 슬퍼하며

내 신발들이 쓰러져 웁니다

또 윤후명의 〈홀로 등불을 상처 위에 켜다〉를 읽으며 외로움이 시인의 천형임을 알았다.

이제야 너의 마음을 알 것 같다

너무 늦었다

그렇다고 울지는 않는다

이미 잊힌 사람도 있는데

울지는 못한다

지상의 내 발걸음

어둡고 아직 녹은 땅 밟아가듯이

늦은 마음

홀로 등불을 상처 위에 켜다

모두 떠나고 난 뒤면

등불마저 사위며

내 울음 대신할 것을

이제야 너의 마음에 전했다

너무 늦었다 캄캄한 산 고갯길에서 홀로

그러나 그 절절한 외로움을 노래한 시 중 내 마음을 자석처럼 끌어당겼던 시는 정호승의 〈수선화에게〉였다. 존재의 고독, 존재의 허무함이 진하게 배어 있는 시, "인간은 고독의 바다에 떠 있는 하나의 섬"이라는 헤세와 "세상은 슬픔으로 가득 찬 감옥"이라던 쇼펜하우어의 탄식을 절감하게 하는 시였다. 그의 시는 고독이란 운명이 사람을 자기 자신에게 이끄는 길이요, 고통을 받지 않고 그 길을 갈 수 있는 사람은 극소수에 지나지 않는다는 의미를 일깨워주었다. 그러나 미술관 운영과 숨 가쁜 전시 일정에 쫓기며 사는 동안 나는 변심한 애인처럼 시를 밀쳐냈고, 가슴 한구석에 희미한 옛 사랑의 그림자로 묻어버렸다.

그러나 일간지에 실린 시를 읽기 시작하면서, 나는 문학을 떠났기에 내 영혼이 그토록 만성적인 갈증에 시달린다는 사실을 절감했다. 집필 중인 《팜므 파탈》 원고만 탈고하고 나면 방학이다. 기획전이 마무리되면, 점찍은 시와 소설을 읽으며 메마른 영혼을 해갈하리라.

입버릇처럼 되뇌던 일이 지난여름 거짓말처럼 이루어졌다. 책의 탈고와 방학과 기획전 준비가 입을 맞춘 듯 동시에 맞물려 끝난 것이다. 의무적인 독서에서 해방된 석 달 동안 나는 갈무리해 둔 책과 뒹굴며 그리운 옛 사랑 정호승의 시를 되새김질하는 행복을 누렸다. 그의 시를 읽으면 외로움은 인간이 죽음에 이를 때까지 의당 겪어야 할 통과의례라는 생각이 든다. 그의 시는 운명처럼 고독도 선택이 불가능하다고, 외로움은 우주 먼 곳으로 추방해야 할 천덕꾸러기 감정이 아니요, 오히려 부둥켜안고 가야 할 소중한 벗이라고 나지막이 속삭인다.

인생이라는 땅을 경작하는 데 슬픔과 외로움만 한 거름은 없다는 사실을 거듭 깨닫게 하는 시! 그래서 하느님도 시인의 외로움에 전염되어 그만 눈물을 흘리시는가 보다.

(주)이보영아카데미 대표 **이보영**

성공이란 / R. W. 에머슨

['진정으로 성공한 삶' 이란 무엇일까]

그동안 받아온 '정직한 비평가의 질책과 찬사' 는
자꾸만 나 자신을 되돌아보게 했고 조금이나마
스스로를 성장시켰다. 그래서 '성공' 이라는
나무를 키운다고 할 때 가장 큰 밑거름은 따가운
질책과 따사로운 찬사일 거라고 서슴지 않고 말한다.

1966년 서울에서 태어나 이화여대 영어교육과를 졸업, 한국외대 동시통역대학원을 수료했다. EBS-
TV의 〈Survival English〉 및 KBS-FM의 〈이보영의 Yes, I can〉, MBC 라디오의 〈Drivers'
English〉를 진행하고 있으며, SBS의 〈Power English〉와 월간지 〈English for Success〉에서 강의
하며 (주)이보영아카데미를 경영하고 있다.

성공이란

R.W. 에머슨

자주 그리고 많이 웃는 것

현명한 사람들로부터 존경받는 것

아이들의 호감을 사는 것

솔직한 비평가들의 인정을 받는 것

미덥지 못한 친구들의 배반을 참아내는 것

아름다움을 식별할 줄 아는 것

다른 사람에게서 최선의 것을 발견하는 것

건강한 아이를 낳든,

한 떼기의 정원을 가꾸든,

사회 환경을 개선하든 간에

세상을, 자기가 태어나기 전보다

조금이라도 더 살기 좋은 곳으로 만드는 것

자신이 살았었기에

단 한 사람이라도 좀 더 마음 놓고 살아간다는 사실을 아는 것

이것이 진정한 성공이다.

172

'진정으로 성공한 삶'이란 무엇일까

류시화 시인의 존재를 가까이 느끼게 된 것은 공교롭게도 미국에 살고 계시는 시어머님 덕분이었다.

"우리 앞집에 한국인 노부부가 사는데, 그분의 사위가 무슨 시인이라고 하더라. 그런데 장인, 장모한테 그렇게 잘한다고 만날 칭찬이야. 얼마 전에도 다녀갔다는데 이름이 특이하더라고. 류시화라던가……. 너 들어봤니?"

세상에서 당신 며느리가 제일 유명하다 여기고 싶은 마음 착하신 우리 시어머님께서는 어느 날 사위 자랑을 늘어놓던 그 앞집 할머니가 못내 아니꼬우셨던 게 틀림없다. 그런 어머님의 의중을 아는지 모르는지 철없는 이 며느리는 호들갑을 떤다.

"네에? 류시화 님이라고요? 어머, 어머님! 그분 아주 유명한 시인이세요! 언제 다녀가셨대요, 그래. 다음에 오시면 꼭 사인을 받아주세요, 어머님!"

약간의 실망과 야속함이 묘하게 버무려져 어머님이 미간을 살짝 찌푸렸을 때 아차 싶었다. 하지만 그렇다고 다른 사람도 아닌 내가 평소에 좋아하고 먼발치에서만 바라보던 류시화 시인의 친인척 분이 지척에 계시다는데 어찌 흥분을 감출 수 있으랴. 그날 당장 나는 서점으로 달려가 류시화 시인의 시집 한 권을 뽑아 들었다.

《지금 알고 있는 걸 그때도 알았더라면》이라는 유명한 시집은 류시화 시인의 창작 시선집은 아니다. 타인의 아픔을 함께 느끼고 안타까워할 수 있으며 그것을 어루만질 줄 아는 한 시인의 눈에 담겨, 여러 편의 시들이 가슴으로 읽히고 손으로 새롭게 옮겨졌다. 무척 조심스럽게 한 자 한 자 엮인 세상의 그 많은 이야기들이 이렇게 한 권의 책으로 묶여 있다는 것, 또 그것을 발견하고 나의 서가에도 옮겨놓을 수 있다는 것은 참으로 멋지고 고마운 일이다.

책에 담긴 주옥같은 시 중에서 나는 에머슨의 시 〈성공이란〉을 내 마음속에 담는다.

내 이야기를 실어주는 인터뷰와 기사에 어느새 슬그머니 끼어든 단어 하나가 있으니 그것이 바로 '성공'이라는 부담스럽기 짝이 없는 말이다.

지금 우리나라는 영어라는 외국어 하나가 어느 한 사람의 현재와 미래를 좌지우지할 정도의 힘을 발휘하고 있는 어처구니없는 세상이 되었다. 나는 그저 남들보다 조금 빨리 영어를 꽤 자연스럽게 접하게 되었을 뿐인데, 굳이 외국에 나가 살아보지 못한 '순 토종 영어 강사'라고 그들이 붙여준 타이틀(이런 표현은 내게 마치 내가 토종닭이라도 된 듯한 기분을 안겨줘 씁쓸하다)이 '성공'과 어떻게 맞닿아 있는지는 나 자신에게조차 늘 미지수다. 분명한 것은, 내가 지금 하고 있는 일들에 대해 단 한 번도 치밀하게 계획하거나 의도한 적이 없었다는 점, 어릴 적부터 혼자 놀기 좋아하는 평범한 아이로서 어쩌다가 알게 된 영어라는 취미 생활에 심취하게 된 것이 결국 영어 공부를 열심히 하는 것과 다를 바 없게 되었다는 점뿐이다. 미래의 어느 날, 내가 방송사 스튜디오에 앉아 그야말로 해외 동포와 원양어선 어부들까지 들어주는 방송을 하게 될 줄은 대학 졸업반이 되었을 때까지만 해도 꿈에도 그려본 적이 없었다.

자주 그리고 많이 웃는 것
현명한 사람들로부터 존경받는 것
아이들의 호감을 사는 것

어릴 적부터 나의 어머니는 늘 그러셨다. "집안에서 안주인의 웃음소리가 그 집 담장 밖을 넘어갈 때 비로소 그 집안이 행복하다는 증거다"라고.
"암탉이 울면 집안이 망한다"라는 옛말과 완전히 반대편에 서 있는, 어찌 보면 참으로 외롭고 고독한 페미니스트의 공허한 외침같이 들리는 이 말은, 당신의 충실한 실천 덕에 '웃는 것은 좋은 것'이라는 믿음이 되어 우리 가족의 머릿속에 깊이 새겨졌다. '웃음'은 행복과 성공으로 이어져 있다. 그래서인지 문득 웃음이 사라지고 멋쩍은 침묵이 집안에 감돌 때면 그로 인한 불안감은 두 배로 크게 느껴지기도 했다.

현명한 사람들로부터 존경받는 것

세상에 이처럼 어려운 일이 또 있을까.

솔직한 비평가들의 인정을 받는 것

그렇다, 가장 두려운 것은 사심 없이 비평해 주는 진정한 전문가들의 눈과 귀다. 그들로부터 전해 듣는 말들은 비수처럼 가슴에 꽂혀, 종종 길 한복판에 내가 발가벗겨진 채 내몰리는 끔찍한 꿈을 꾸게도 만들었다. 그렇게 부르트고 곪힌 상처를 스스로 헤아리고 어루만져 주지 않으면 살 수 없을 것 같기에, 한편으로 비판을 달게 받아들여야 내가 조금이라도 더 성장할 수 있다는 생각을 갖게 되었다.

매일 아침 생방송에서 영어와 우리말을 정확하면서도 순발력 있게 사용하는 일을 진행한 지 벌써 8년째. 그동안 받아온 '정직한 비평가의 질책과 찬사'는 자꾸만 나 자신을 되돌아보게 했고 조금이나마 스스로를 성장시켰다. 그래서 '성공'이라는 나무를 키운다고 할 때 가장 큰 밑거름은 따가운 질책과 따사로운 찬사일 거라고 서슴지 않고 말한다.

"낙도에서 병든 할머니를 모시고 일하면서 공부하는 고등학교 2학년 학생인데요, 장차 영어 선생님이 되는 게 꿈입니다."

"시각 장애인입니다. 늘 라디오로 영어 교육 방송에 귀 기울이며 하는 영어 공부가 내 삶에 활기를 주고 있습니다."

"여기는 청송 감호소입니다. 영어가 지금 나에게 등불이 되고 있습니다. 도와주세요."

이런 사연들을 종종 접할 때마다, 중요한 것은 내가 이분들에게 단어 한

개, 문법 하나를 설명하는 것이 아니라는 생각이 든다. 멀리 전라도 해안의 어느 섬으로 보낼 내 교재 한 권을 정성스레 포장한다. 그리고 그 여학생의 얼굴에 피어날 엷은 미소를 떠올리며 나는 비로소 작은 성공을 떠올리게 된다.

'성공' 이란 무엇인가.

에머슨도 이런 내 마음을 알까.

한국기자협회장 **이상기**

침목 / 조오현

[너른 바다에서 안개 산으로]

대원군과 김옥균, 전봉준의 구국을 위한 몸부림이
무위로 끝난 19세기 말이 재림하는 게 아니냐는
걱정도 터져 나오는 이때, 조오현 시인의 〈침목枕木〉은
한 줄기 희망이다. "육중하게 달려오는 기차를 받쳐주는
침목은 바로 역사이고 민중의 삶"이라는
시인의 설명 없이도 시는 가슴속을
이리저리 헤집어놓는다.

1958년 서울에서 태어나 한국외대 영어과와 서울대 서양사학과를 졸업, 1988년 《한겨레신
문》 공채 1기로 입사 후 신문기자로 활동하고 있다. 2002년에 한국기자협회장으로 선출되
었으며, 방송미디어포커스 자문위원과 사랑의 열매 홍보위원, 민주화운동 관련자 및 유족 여
부 심사 분과위원을 맡고 있다. 저서로 《신한국군 리포트》가 있다.

침목

조오현

아무리 어두운 세상을 만나 억눌려 산다 해도
쓸모없을 때는 버림을 받을지라도
나 또한 긴 역사의 궤도를 받친
한 토막 침목인 것을, 연대인 것을

영원한 고향으로 끝내 남아 있어야 할
태백산 기슭에서 썩어가는 그루터기여
사는 날 지축이 흔들리는 진동도 있는 것을

보아라, 살기 위하여 다만 살기 위하여
얼마만큼 진실했던 뼈들이 부러졌는가를
얼마나 많은 사람들이 파묻혀 사는가를

비록 그게 군림에 의한 노역일지라도
자칫 붕괴할 것만 같은 내려앉은 이 지반을

180

끝끝내 받쳐온 이 있어

하늘이 있는 것을, 역사가 있는 것을.

너른 바다에서 안개 산으로

갈등과 분열, 편 가르기가 횡행하는 요즘 세태. 어떤 이는 '몰역사성이 판치는 시대'라고도 했다. 반세기 넘게 고착돼 온 남북 분단에다 동서 분열도 모자라 계층 간, 세대 간의 갈등이 심화되는 안타까운 현실. 대원군과 김옥균, 전봉준의 구국을 위한 몸부림이 무위로 끝난 19세기 말이 재림하는 게 아니냐는 걱정도 터져 나오는 이때, 조오현 시인의 〈침목枕木〉은 한 줄기 희망이다. "육중하게 달려오는 기차를 받쳐주는 침목은 바로 역사이고 민중의 삶"이라는 시인의 설명 없이도 시는 가슴속을 이리저리 헤집어놓는다.

신경림 시인이 《시인을 찾아서》에서 규정한 "가장 승려답지 않은 가장 승려다운 시인"이라는 무산霧山 조오현 스님을 처음 만난 것은 2002년 7월 5일 오전 백담사에서였다. 전날, 속초에서 서울 소재 신문 방송사 기자 협회 지회장 엠티를 마친 일행 이십여 명은 귀경 길에 백담사를 찾았다. 《내일신문》 장명국 사장이 미리 소개해 준 덕분에 스님과의 만남은 그리 어렵지 않았다.

스님의 거처인 '무산대당霧山大當' 컴컴한 방에 들어선 일행은 아뿔싸! 소스라치고 말았다. 스님 손에 양주 병이 들려 있지 않은가?

"절간에 있으면 건달들이 많이 와요, 국회의원들 말이야. 장차관 같은 높은 사람들이 가져온 거야. 자, 마셔요."

그러고는 사기 찻잔에 일일이 술을 부어주시는 게 아닌가. 스님은 두어 시간 가까이 설악산 비룡폭포처럼 세상사를 화두로 거침이 없었다. '산중에 계신 분이 어찌 기자인 우리들보다 많이 아실까?' 하고 의아해할 즈음, 스님은 "기자들 정신 차리고 똑바로 해야 합니다!"라며 또 일갈했다. 기자 선배에게 외에는 좀처럼 야단맞을 일 없는 기자 일행은 스님에게 야단맞으면서도 조금도 싫지 않은 모습이었다.

매사 그렇듯 조오현 스님과의 뜻밖의 좋은 만남의 기억도 하루하루 바쁜 일상에 지워져 가고 있었다. 하지만 인연 탓인지 기자협회 창립일(8월 17일)이 다가오면서 오현 스님이 떠올랐다. '축사를 부탁하자'는 생각에 바로 전화를 드렸다.

"난 그런 데 안 갑니다. 미안합니다."

전화를 뚝! 끊으려는 찰나였다.

"큰스님, 그럼 축하 글이라도……."

"이 회장 끈질기시네, 알았어요."

며칠 뒤 직접 쓰신 편지가 도착했다.

(…)

이 사람은 30여 년 전에 다음과 같은 시조 한 수를 지상에 발표한 일이 있습니다.

1970년 방문榜文

진작 다 알고도
말 한마디 하지 않고
산중에 혼자 앉아
채식만 한 탓이리

요즘은 신문을 펼쳐도
온몸에 번지는 두드러기.

신문사 편집실에 정보원이 출근하던 시대나 출입이 금지된 오늘이나 신문은 달라진 것이 하나도 없습니다. 굳이 있다면 신문사 사옥이 하늘 높은 줄 모르고 높아졌다고나 할까. 오늘의 신문도 또 다른 반점이 온몸에 돋아나게 한다는 말씀입니다.

당나라 늙어빠진 중놈의 입을 빌어 한마디만 더 하겠습니다. 흙덩이를 던지면 개는 흙덩이를 쫓고, 사자는 흙덩이를 던지는 사람을 뭅니다. 여기서 흙덩이라는 것은 물질일 수도 있고, 어떤 말[言語]일 수도 있습니다. 여기서 개는 어리석은 사람[愚者], 사자는 지혜로운 사람을 상징합니다.

이 늙은이가 당부하고 싶은 말은 고기 없는 소에서 물을 퍼내는 수고를 하지 말라는 것입니다. 흙덩이를 쫓는 개가 되지 말고, 흙덩이를 던지는 놈을 물어뜯는 사자가 되십시오. 나이 38세를 자축할 것이 아니라 나이 38세 되도록 내가, 기협記協이 무엇을 했는지 돌이켜보시길 바랍니다. '내가 하면 로맨스고, 남이 하면 불륜'이라는 것이 중생심이니, 앞산

184

은 첩첩하고 뒷산은 중중할 뿐입니다.

축사가 아니라 차라리 질책이었다. 역시 오현 스님다웠다. 그가 시인이
라는 것을 아는 데는 달포 이상 걸렸다. 그해 9월 말 우연히 석계역 앞 책
방에 들렀다가 《시인을 찾아서 2》를 펼쳐보던 중 시인 조오현을 발견한
것이다. 스님과 내 휴대폰이 연결됐다.

"시인이신 줄 이제야 알았습니다."

"그래요, 얼마 전에 신경림 씨가 왔다 갔는데, 나는 아직 그 책 못 읽었어."

그날 기차 안에서 그의 시를 몇 번이고 읽고 또 읽었다. 〈산에 사는 날
에〉, 〈내가 나를 바라보니〉, 〈재 한 줌〉, 〈무설설 1〉, 그리고 〈침묵〉.

철마다 두어 번 서울과 백담사에서 만난 스님과 나는 지난 5월 15일(음
력 4월 보름) 백담사에서 마주했다. 지난 연말 부탁드렸던 법호가 다 됐으
니 오라는 말씀에 한걸음에 달려갔다.

호당虎堂.

"기자는 두 눈 무섭게 뜨고 세상을 살펴야 한다"라는 말씀과 함께 한지
에 곱게 써주셨다. 이왕 온 김에 〈침묵〉의 내력을 듣고 싶었다. 스님 거처
인 무산대당엔 속초에 사는 이상국 시인이 마침 함께했다.

"민중을 위해 역사가 있고, 삶이 있는 거요. 민중이 고통을 받던 유신
때나 전두환 시절에는 시를 독하게 썼어. 이 시도 그때 어떤 신문에 나왔
어. 술 먹고 불러줬지."

사발에 곡차를 몇 번 부어 드신 스님의 언성이 갑자기 높아진다.

"요즘 같은 인터넷 세상에선 '빽'이 필요 없어. 원칙대로 살면 돼."

기운이 자꾸 떨어진다며 스님은 말문을 닫으신다. 말씀이 끊긴 자리엔 내 상상력이 대신한다. '이 세상이 빽 같은 건 안 통하는 모범 사회라면 오현은 너무 배가 고파 어린 나이에 출가하지 않아도 됐겠지. 그럼 그는 문둥병 부부와 기거하지 않았겠지. 스님이 아니어도 그가 시를 썼을까? 〈침묵〉도 이 세상에 안 나왔겠지. 당연히 지금 이 자리에 나는 앉아 있지도 않을 테고······.'

그래도 어떤 시인이 있어 〈침묵〉의 이 구절만은 태어났을 것 같다.

아무리 어두운 세상을 만나 억눌려 산다 해도
쓸모없을 때는 버림을 받을지라도
나 또한 긴 역사의 궤도를 받친
한 토막 침묵인 것을, 연대인 것을

186

국제마술대회 연속 입상자 이은결

함께 있으면 좋은 사람 / 용혜원

[마술사, 좋은 사람을 만나다]

그렇게 외로움을 느끼던 3년 전 가을쯤에
만난 시가 용혜원 시인의 〈함께 있으면 좋은 사람〉이다.
인터넷 서핑을 하다가 우연히 보게 된
이 시는 가을에도 봄 내음을 풍겼다.

경기도 평택에서 1981년 출생, 일찍이 마술의 천재적 재능을 인정받으며 TV 오락 프로의 스타로 부
상했다. 현재 대학에 재학 중인 그는 최근 국제마술대회에 잇달아 입상하였으며, 잦은 방송 출연과
CF 모델 활동, 그리고 저서 〈이은결의 눈으로 배우는 마술책〉 〈이은결의 신나는 키즈매직〉 〈이은결의
매직아카데미〉 등으로 청소년들 사이에 큰 인기를 모으고 있다.

함께 있으면 좋은 사람

용혜원

그대를 만나던 날
느낌이 참 좋았습니다

착한 눈빛, 해맑은 웃음
한 마디, 한 마디의 말에도
따뜻한 배려가 있어
잠시 동안 함께 있었는데
오래 사귄 친구처럼
마음이 편안했습니다

내가 하는 말들을
웃는 얼굴로 잘 들어주고
어떤 격식이나 체면 차림 없이
있는 그대로를 보여주는
솔직하고 담백함이

참으로 좋았습니다.

그대가 내 마음을 읽어주는 것만 같아
둥지를 잃은 새가
새 둥지를 찾은 것만 같았습니다
짧은 만남이었지만
기쁘고 즐거웠습니다
오랜만에 마음을 함께
맞추고 싶은 사람을 만났습니다
마치 사랑하는 사람에게
장미꽃 한 다발을 받은 것보다
더 행복했습니다

그대는 함께 있으면 있을수록
더 좋은 사람입니다.

마술사, 좋은 사람을 만나다

여름이 가고 있다. 가을의 서늘함이 여름의 무더움을 밀어내고 차츰차츰 그 빛깔을 드러낸다. 가을은 남자의 계절이라 했던가? 그래서인지 내가 가장 좋아하는 계절은 가을이다. 가을은 항상 외로움을 동반한다. 낙엽, 가을바람……. 왠지 고독하다. 흐린 가을 하늘에 편지를 쓰겠다는 노래 가사처럼 누군가에게 기대고 싶은 외로움이 절실하다. 그렇게 외로움을 느끼던 3년 전 가을쯤에 만난 시가 용혜원 시인의 〈함께 있으면 좋은 사람〉이다. 인터넷 서핑을 하다가 우연히 보게 된 이 시는 가을에도 봄 내음을 풍겼다. 나는 가슴 한쪽이 따뜻해짐을 느끼면서 시 속으로 빠져 들었다.

내가 마술사가 되고 그 길을 걷는 데에는 두 분의 좋은 사람이 계셨다. 처음 내가 마술을 배우게 된 건 중학교 3학년 때, 아버님의 권유에 의해서였다. 평소 나의 소극적인 성격을 못마땅해하시던 아버님은 자신감을 기르라며 나를 마술 학원에 보내셨고, 난 거기서 환상을 맛보았다.

정하성 원장님은 내가 처음으로 만난 "함께 있으면 좋은 사람"이고, 나에게 처음으로 마술을 가르쳐준 스승님이시다. 그분은 아무것도 없는 백지 노트를 가져오시더니 주문과 함께 거기에 그림을 그려 넣었고 또 한 번의 주문과 함께 그림에 색을 입혔다. 난 입을 다물 수가 없었다. 이렇게 신기한 일이 내 눈앞에서 펼쳐지다니……. 원장님은 신기해하는 나에게 더욱더 신기한 마술들을 보여주셨고 나는 마술에 흠뻑 빠져 학원을 열심히 다니기 시작했다. 그때부터 나는 학교 가는 일이 즐거웠다.

지각해서 학생주임 선생님께 걸렸을 때도 가방 속에 가지고 다니던 카드로 간단한 마술을 보여드리면 다음 번엔 안 봐준다며 그냥 보내주기도 하셨다. 학교 장기자랑 시간이면 나는 언제나 인기 스타였다.

그렇게 계속 학원을 다니며 마술을 배우다가 두 번째 "함께 있으면 좋은 사람"을 만났다. 나보다 학원에 조금 일찍 들어와 마술을 배우다가 나에게 마술을 가르쳐주게 된 최병락 사장님. 나의 소속사인 비즈매직의 사장님이시다. 처음 만났을 땐 그를 형이라고 불렀다. 마술에 대한 열정이 크고 마술 자체에 대한 생각도 나랑 비슷해 우린 의기투합하게 되었고, 지금의 비즈매직 같은 사업을 운영하기 위해 밤낮으로 아이디어를 모았다.

형은 군대에 가 있는 동안에도 마술을 연구했고 급기야 제대 후 나와 함께 큰일을 도모했다. 바로 국제마술대회 출전. 나는 지난 2년간 생각해 놓은 대회용 마술 레퍼토리를 완벽하게 다듬었고, 형은 그런 나를 위해 조명에서부터 연출, 하나에서 열까지 대회 준비를 해주었다. 결과는 놀랍게도 1등. 처녀 출전인 데다가 지명도도 없는 한국인이어서 전혀 기대하지 못했던 큰 상이었다.

신문 방송 등 언론에서는 나를 추켜세우며 보도 기사를 썼지만, 사실은 나를 도와주신 많은 분들이 계셨기에 좋은 성적을 거둘 수 있었다. 함께 있으면 웃음을 주는 좋은 사람들 말이다.

용혜원 시인의 〈함께 있으면 좋은 사람〉은 수줍음과 설렘을 담고 있다. 〈소나기〉의 소년이 원두막에서 비에 젖은 소녀와 한나절을 보내고는 그날

밤 일기장에 적을 것 같은 그런 느낌 말이다. 내가 바라는 마술 또한 수줍음과 설렘이 있는 사랑스러운 마술이다. 사람만 좋으란 법 있는가? 마술도 함께 있으면 장미꽃 한 다발보다 더 달콤한 선물과 행복을 안겨줄 수 있다.

이 가을, 나에게 다가올 좋은 사람은 누굴까? 다시 한 번 시집을 꺼내 읽으며, 차가운 고독을 따스하게 데워줄 그런 좋은 사람을 기다려본다.

한글학회 부회장 이현복

웃은 죄 / 김동환

[지름길로 인도하는 삶의 기쁨]

불과 4, 5행으로 이루어진 짤막한 작품이지만 거기에
담긴 뜻이 깊고 오묘하며 인생살이의 지침을
제시하고 있어서 읽을수록 제 맛이 나는 시다.
또한 어려운 낱말이 하나도 없는 평이한
내용이어서 누가 읽어도 뜻을 쉽게 알 수 있다.

1936년 충남 보령에서 태어나 서울대 언어대학원을 졸업 후, 런던대 음성학 및 언어학과
에서 석사·박사 학위를 받았다. 서울대 음성언어학 교수 및 서울대 어학연구소장, 한국언
어학회장 등을 역임했다. 현재 서울대 명예교수, 한글학회 부회장으로 활동 중이다. 저서로
《한국어 표준발음사전》 《영어의 듣기와 발음》 등과 3백여 편의 논문이 있다.

웃은 죄

김동환

지름길 묻길래 대답했지요.
물 한 모금 달라기에 샘물 떠주고,
그러고는 인사하기에 웃고 받았지요.
평양성에 해 안 뜬대도 난 모르오,
웃은 죄밖에

지름길로 인도하는 삶의 기쁨

내가 좋아하는 시는 여러 편이 있지만 그중에서 하나를 뽑아내라면 나는 주저 없이 김동환 시인의 〈웃은 죄〉라는 시를 들고 싶다.

불과 4, 5행으로 이루어진 짤막한 작품이지만 거기에 담긴 뜻이 깊고 오묘하며 인생살이의 지침을 제시하고 있어서 읽을수록 제 맛이 나는 시다. 또한 어려운 낱말이 하나도 없는 평이한 내용이어서 누가 읽어도 뜻을 쉽게 알 수 있다. 인간이 마시는 술에는 종류가 많기도 하지만 술에 빗댄다면, 이 시는 고급스러운 양주나 와인이 아니라 우리의 토속주인 소주나 막걸리에 비유할 수 있을 것이다. 그만큼 소탈하고 서민적인 맛과 멋을 풍기는 시다.

인정이 메마른 세상, 각박하고 험악한 사회에서 사람을 대할 때 웃음으로 인사하고, 웃음으로 묻고, 웃음으로 답하는 그런 정겨운 인간관계가 잘 그려져 있는 시이기에 나는 특히 애착을 갖는다. 우물가의 다소곳한 여인상을 연상시키는 이 시는 바로 우리가 지니고 살아야 할 겸손하고 너그러운 자세와 친절하고 남을 배려하는 따뜻한 마음씨를 전달하고 있다. 특히 제목에 나타난 바와 같이 서로 어울릴 수 없는 상극의 의미를 나타내는 '웃음'과 '죄'를 하나의 명사구로 묶어 대비한 점이 흥미롭다. 사실 웃음과 죄는 극과 극의 개념이다. '먹은 죄', '말한 죄', '쳐다본 죄', '빚진 죄', '약속 어긴 죄', '거짓말한 죄', '사기죄', '때린 죄', '살인한 죄'는 있어도 '웃은 죄'는 거의 들을 기회가 없는 표현이다. 웃는 사람이 죄를 지을 수는 없으며 죄를 짓는 사람이 웃는다는 것은 상상하기 어려운 부자연스러운 행태다. 웃는 행위가 죄가 될 수 없다는 것은 삼척동자도 아는 사실이니, 결국 인간은 순진무구한 마음씨를 지니고 살아야 한다는 교훈을 제시하고 있다.

대학에서 음성학과 언어학을 강의하는 나는 이 시를 또 다른 목적으로 활용하고 있다. 한국어와 영어의 발음을 음성학적으로 분석하고 교육하는 과정에서 이 시는 말의 장단, 특히 모음의 장단과 강약, 그리고 말의 리듬 현상을 강의하고, 학생들로 하여금 정확한 발음 훈련을 하도록 하는 데 유용한 자료로 이용된다. 그리하여 필자의 《한국어의 표준발음》이란 책에는 이 시를 다음과 같이 표준발음의 형태로 적어놓았다.

〈우우슨 줴에〉
지 '름낄 '무운낄래 '대애답꽬찌요.
물 '한 모금 '다알라기에 '새앰물 떠'주고,
그 '러고는 '인사하기에 '우울꼬 바' 닫찌요.
평 '양성에 해 '안 뜬대도 '난 '모오르오,
'우우슨 '줴에바께

이같이 실제 표준 말씨로 발음되는 대로 적어놓은 것을 언어학에서는 음성독본(Phonetic text)이라고 하는데, 이렇게 발음되는 대로 적어놓으면

196

맞춤법대로 적은 문장과는 많은 차이가 난다. 위에서 '우우슨', '줴에', '무운낄래', '대애답', '새앰물', '모오르오'는 모두 모음이 길게 소리 나야 한다는 사실을 나타낸다. 즉 길게 소리 나는 모음은 같은 모음을 두 번 겹쳐 적는 것이다.

또한 '지름낄', '우운꼬' 같은 낱말이 나타내는 바와 같이 된소리로 나는 소리는 된소리 글자로 적고 있다. 이는 마치 음악에서 음표를 이용하여 긴 음과 짧은 음을 나타내는 것과 같다. 강하게 발음해야 할 음절 앞에는 악센트 부호를 붙여놓았다. 말하자면 정확한 발음과 장단과 강약까지를 나타내는 말의 악보인 것이다.

이와 같이 발음대로 적는 음성독본은 표준발음을 학습하는 한국인은 물론이고 한국어를 배우는 외국인에게도 큰 도움이 된다. 〈웃은 죄〉는 짧은 시이면서도 표준발음 학습에 도움이 되는 낱말들이 많이 들어 있기 때문에 대단히 유익한 자료로 쓰일 수 있다.

음성독본은 발음 상태를 스스로 진단하는 데에도 유용하게 쓰인다. 가령 위의 발음대로 적은 '우우슨 줴에'를 읽으면서 어딘지 생소하고 껄끄러운 느낌을 갖게 되는 사람은 평소에 자신이 쓰는 한국어 발음이 수준 이하라는 자가 진단을 할 수 있는 것이다.

마찬가지로 이 시를 다음과 같이 적어놓고 읽었을 때 자연스럽게 느끼는 사람은 자신의 한국어 발음이 비표준적이라는 사실을 확인할 수 있을 것이다. 이것에는 요즘 젊은층의 말씨에서 나타나는 현상이 그대로 드러나 있다. 모음의 음가가 옳지 않고, 악센트의 위치가 잘못되어 있어서 리

듬이 흐트러져 있는 등 표준발음과 많은 차이를 보이고 있는 것이다.

　〈우 '슨 '줴〉

　지 '름낄 무 '낄레 데 '답페찌요.

　물 '한 모금 달 '라기에 셈 '물 떠 ' 주고,

　그 '러고는 인 '사하기에 우 '꼬 바 ' 다찌요.

　펭 '양성에 헤 '안 뜬데도 난 모 '르오,

　우 '슨 줴 '바께

　이같이 음성독본은 발음을 진단하고 교정하며 훈련하는 자료로 유용하
게 활용될 수 있다.

　또한 〈웃은 죄〉라는 시는 남을 돕고 지도하는 사람들의 자세를 잘 나타
내고 있다. 반드시 교수나 교사가 아니더라도 의사, 변호사, 기술자, 기능
인 등 세상에는 생활의 지혜를 제공하는 사람들이 많은데, 이들은 바로
이 시의 흐름대로 사는 것이 정도임을 느끼게 해준다. 지름길을 물으면
주저함 없이, 소신대로, 양심에 따라 따뜻한 대답과 명쾌한 해답을 해주
어야 하고, 무언가 목말라하는 사람에겐 샘물을 떠주듯 그렇게 갈증을 속
시원하게 풀어줄 수 있어야 할 것이다.

　이 시의 속뜻을 알고 실천하는 의사는 아픈 환자에게 불친절하고 무뚝
뚝할 수 없을 것이며, 가르침을 잘 이해하지 못하는 학생에게 스승은 질
문을 가로막는 위압적인 자세를 보일 수 없을 것이다. 또한 민원이나 구

조를 요청하는 사람을 상대하는 공직자나 경찰, 변호사 등도 낯선 사람이 아닌 친구나 친척을 대하듯 따뜻한 얼굴로 '웃는 죄'를 질 터이니 우리 인간 사회가 그만큼 밝아질 것이라고 기대해 본다.

가수 **임**지훈

꽃 / 김춘수

[사랑을 담아 보낸 스무 살의 〈꽃〉]

미처 소녀티를 벗지 못했던 대학 초년 시절,
애송하던 김춘수의 〈꽃〉 속에 절절한
내 마음의 그리움을 담아 그녀에게 전했다.
얼마 후 그녀에게서 돌아온 뜻밖의 반응은······

1959년 서울에서 태어나 1987년 가수로 데뷔, 〈사랑의 썰물〉 〈누나야〉 〈그대도 나처럼 외로운지〉 〈사랑은〉 〈서정〉 〈포크 앤 락〉 〈Beautiful Thing〉 등의 음반을 발표했고, 현재 SBS 라디오에서 〈임지훈의 낭만 시대〉, GTB 강원민방에서 〈임지훈의 예전처럼〉 프로그램의 진행을 맡고 있다. 저서로 1993년 시집 〈나는 바보가 참 좋다〉 등이 있다.

꽃

김춘수

내가 그의 이름을 불러주기 전에는
그는 다만
하나의 몸짓에 지나지 않았다.

내가 그의 이름을 불러주었을 때
그는 나에게로 와서
꽃이 되었다.

내가 그의 이름을 불러준 것처럼
나의 이 빛깔과 향기에 알맞은
누가 나의 이름을 불러다오.
그에게로 가서 나도
그의 꽃이 되고 싶다.

우리들은 모두

무엇이 되고 싶다.

너는 나에게 나는 너에게

잊혀지지 않는 하나의 눈짓이 되고 싶다.

사랑을 담아 보낸 스무 살의 〈꽃〉

미처 소년티를 벗지 못한 대학 초년 시절, 협소한 학보함에 한 송이 꽃을 꽂았다. 또박또박 적힌 한 편의 시, 〈꽃〉.

왜 하필 〈꽃〉이었을까? 그것은 그녀가 내 이름 석 자를 또렷이 기억해 주길, 아니 예의 그 화사한 웃음과 함께 내 이름을 불러주길 바라는 절절한 마음에서 시작했으리라. 스무 살 나이에 시를 끼적인 편지 한 통을 남모르게 여학생 학보함에 넣다니. 그것도 온 국민이 다 아는 김춘수의 〈꽃〉이라니.

〈꽃〉은 나에게 너무 익숙해져 있던 시였다. 강의 시간, 시의 의미를 느끼기보다는 시험 문제에 나올 법한 방식으로 시를 해체하는 과정에서만 대한 시였으니 특별한 감흥이 일어날 리 없었다. 그러나 그녀를 향한 절절한 내 마음의 바람을 담아 또박또박 써 내려가는 순간에 그 한 편의 시는 내게 꽃이 되었다.

그녀에게 마음 담아 바치는 한 송이 〈꽃〉. 그 꽃은 바로 '내 이름 석 자'였다. 하여간 그날 이후 그녀는 변함없이 다소곳한 걸음에도 불구하고 조금씩 주위를 살피기 시작했다. 그런 그녀가 날 찾아내 주기를 간절히 바라면서도 왜 그렇게 애써 그녀와 눈 맞추는 일을 피했던지. 사춘기 시절에도 가져본 적 없는 설렘이 날 당황하게 만들었지만 그녀 앞에서 나는 늘 태연한 친구 자리를 지켜야만 했다.

언제나 스스럼없이 나를 불러 세우던 그녀를 바라보고 느긋하게 대꾸하면서도 마음 한편에 불안감이 함께했다. 혹시라도 그녀가 까르르 웃음을 터뜨리며 이름을 알 수 없는 촌스러운 남학생이 있노라는 얘기를 꺼낼까 봐서. 만약 그런 순간이 찾아온다면 '친구'란 이름으로 그녀 곁을 지킬 나 자신이 흔적도 없이 사라질 듯싶었으므로.

어느 날 그녀가 조심스레 얘길 꺼냈다. 그날은 몇몇 친구들이 어울려서 술잔을 주고받은 날이었다. 적당한 취기 탓이었을까? 한껏 진지한 얼굴의 그녀가 "꽃을 선물 받았어" 하는 순간의 그 긴장감이란. 그러나 난 끝내 태연을 가장해야 했다.

"꽃? 무슨 꽃? 장미꽃?"

"세상에 단 하나밖에 없는 꽃. 너 아니? 그런 꽃이 있는 거?"

"세상에 단 하나밖에 없는 꽃이라……. 그게 무슨 꽃인데?"

"처음엔 좀 웃기더라. 이 나이에 시가 적힌 편지라니. 그것도 흔하디흔한 김춘수의 〈꽃〉을 말이야. 근데 있지, 그날 이후 세상 보는 눈이 달라지더라고."

"달라져?"

"너도 그렇지만, 난 그냥 습관적으로 사람들을 대했더라고. 근데 있지, 나하고 가까운 사람들이 다르게 느껴지더라니까."

"그래? 근데 누구한테 받는데?"

"그걸 모르겠단 말이야. 혹시…… 너 아니니?"

"나?"

"농담이야, 농담. 너야 날마다 노래로 시 한 편씩 써내는 앤데. 설마 그 고전틱한 시를 보냈을까. 그것도 이름도 안 쓰고 말이야. 다른 사람도 아닌 나한테 보냈겠니?"

간신히 받은 안도의 숨을 내뱉으면서도 가슴 한쪽에 서운함이 밀려들었다. 그날 이후 그녀는 변함없이 화사한 목소리로 날 불렀고, 그때마다 난 평소와 다름없이 그녀 곁으로 다가섰다. 함께 수업을 듣고, 함께 카레라이스를 먹고, 함께 술을 마시면서.

물론 마음의 안쪽에는 늘 간절한 그리움이 따라다녔다. 거의 하루 반나절을 함께 보내는 단짝 친구이면서도 항상 그리운 이름. 그런 그녀가 수줍은 얼굴로 '사랑하는 사람이 생겼노라' 고백하던 그날, 어느새 기억 속에 희미해진 그날은 캠퍼스가 노랗게 물들기 시작할 무렵이었다.

"나한테 진짜 꽃이 생겼어."

"좀 알아듣게 얘기해라."

"그 사람을 부를 때면 내 마음에 특별한 파장이 생겨. 그냥 이름일 뿐인데. 너를 부를 때와는 다른 느낌 말이야."

"그럼 전에 말했던 꽃의 주인공은 찾은 거냐?"

"그 사람은 아닐 거야. 근데 있지, 너도 알지? 그 꽃 덕분에 내가 좀 다른 마음으로 사람들을 지켜보게 된 거 말이야. 그러니까 이름도 알 수 없는 그 사람은 나한테 은인인 거야. 내 사랑의 은인."

"잘됐네. 축하한다."

그날 나는 제법 취하도록 술을 마시고, 오랜만에 비틀거리며 거리를 걸었다. 그리고 노래 한 곡을 만들었다. 하지만 내 손으로 사랑을 떠나보낸 나 자신이 원망스럽지 않았다. 그 시절 이미 난 사랑이란 것이 소유와는 다르다는 것을 알 만한 나이였으므로.

물론 가슴 안에는 알싸한 아픔이 밀려들었지만, 내 수줍은 사랑이 그녀에게 진짜 사랑을 가르쳤다는 마음은 또 다른 기쁨이었다.

너는 나에게 나는 너에게
잊혀지지 않는 하나의 눈짓이 되고 싶다.

내가 〈꽃〉의 마지막 구절처럼 온전한 친구로 돌려보낸 그녀가 한껏 행복에 겨워 나를 부를 때, 난 그 안에서 넉넉한 행복을 느낄 수 있었으므로…….

열린우리당 의장 **정**동영

가지 못한 길 / 로버트 프로스트

[먼저 길과 똑같이 아름다운 길]

프로스트의 〈가지 못한 길〉을 암송하며
가슴 설레던 시절의 나 자신을 만나게 되면,
나는 한숨을 쉬며 이렇게 고백할 생각이다.
"그날 이후로 모든 것이 달라지기는 했지만,
나는 여전히 처음 그대로다"라고.

1953년 전북 순창에서 태어나 서울대 국사학과를 졸업한 후, 영국 웨일즈대에서 저널리즘
으로 석사 학위를 받았다. 〈MBC 0시 뉴스〉 앵커, 미국 LA특파원, 〈MBC 뉴스데스크〉 앵
커로 활동했다. 1996년 제15대 국회의원, 새천년민주당 대변인을 역임했으며, 현재 16대
국회의원이고 열린우리당 의장을 맡고 있다. 저서로 〈개나리 아저씨〉 등이 있다.

가지 못한 길

로버트 프로스트

단풍 든 숲 속에 두 갈래 길이 있더군요.
몸이 하나니 두 길을 다 가볼 수는 없어
나는 서운한 마음으로 한참 서서
잣나무 숲 속으로 접어든 한쪽 길을
끝 간 데까지 바라보았습니다.

그러다가 또 하나의 길을 택했습니다.
먼저 길과 똑같이 아름답고,
아마 더 나은 듯도 했지요.
풀이 더 무성하고 사람을 부르는 듯했으니까요.
사람이 밟은 흔적은
먼저 길과 비슷하기는 했지만,

서리 내린 낙엽 위에는 아무 발자국이 없고
두 길은 그날 아침 똑같이 놓여 있었습니다.

아, 먼저 길은 다른 날 걸어보리라! 생각했지요.
인생길이 한번 가면 어떤지 알고 있으니
다시 보기 어려우리라 여기면서도.

오랜 세월이 흐른 다음
나는 한숨지으며 이야기하겠지요.
숲 속에 두 갈래 길이 나 있었다고,
그래서 나는 사람들이 덜 밟은 길을 택했다고.
그것이 내 운명을 바꿔놓았다고.

먼저 길과 똑같이 아름다운 길

이 시는 번역된 우리말보다는 원어로 읽어야 제 맛이 난다.

> Two Roads diverged in a yellow wood,
>
> And sorry I could not travel both
>
> And be one traveler, long I stood
>
> And looked down one as far as I could
>
> To where it bent in the undergrowth;

　문학청년이나 시인 지망생은 아니지만 시집을 탐독하고, 나름대로 시작詩作에 열중했던 젊은 시절이 내게도 있었다. 돌이켜보면 시의 본질에 충실했던 그때가 훨씬 행복했다. 절친한 친구인 황지우의 재능에 눌려 언감생심 시인이 되겠다는 욕심을 겉으로 드러내지 못했지만, 대학 시절의 일기장이나 연애편지에는 시인 흉내를 낸 흔적이 무수히 남아 있다. 그 시절 너무나 좋아했고, 그리하여 영문으로 암송할 때마다 그 리듬과 울림에 현혹되게 했던 시가 바로 〈가지 못한 길(The Road Not Taken)〉이다.

　하지만 그와 같은 감성의 시간으로부터 멀리 떠나온 지금에 와서 이 시에 얽힌 추억담을 늘어놓는다는 것은 부끄럽고, 또한 시의 운율이나 사조, 시인의 사상과 생애, 그리고 문학적 현학을 말할 처지도 아닌 듯하다.

나로서는 이 시가 은유하고 있는 생의 의미에 현재의 나 자신을 투영해 보는 여유조차 무한한 행복이다. 단지 하나 덧붙인다면, 이 시를 애송하던 시절, 나는 내 생의 갈림길에서 한쪽에 자리한 길이 시인이나 학자의 길이라는 막연한 느낌을 가지고 있었다.

프로스트와 같은 시인이 되어 은발을 나부끼며 멀리 퍼져 나가는 물 주름을 바라보거나, 시집을 들고 들길을 산책하면서 인생과 자연을 생각하고, 그리고 젊은 학생들 앞에 서서 문학과 예술에 관한 강의에 열중하는 시인의 삶을 꿈꾸던 시절이 내게도 있었다.

그러나 나는 그 길을 가지 못했다. 시 구절처럼, "끝 간 데까지 바라보"기는 했으나 "먼저 길과 똑같이 아름"다운 "풀이 더 무성하고 사람을 부르는 듯"하다고 생각했던 그 길은 방송기자의 길이었다.

지금 내 직분이 정치인인데, 정계로 진출할 결심을 굳히게 된 것도 방송기자로서 취재 현장에서 느꼈던 현실에 대한 절망을, 정치를 통해 진보시키고 쇄신하겠다는 각오 때문이었다. 정치인의 길은 방송기자의 길과 연결된 하나의 길이었다. 그러므로 1978년 MBC 기자 시험 최종 면접을 보던 순간이야말로 내 생에 있어서 진정 스스로 자신의 길을 선택한 최초의 순간이었다. 하지만 그 길도 쉽사리 발을 들여놓을 수 있는 곳은 아니었다.

"정동영 씨, 현재의 시국을 어떻게 생각합니까?"

면접관으로 나온 사장의 질문에 나는 잠시 당황했다. 그 시대 많은 대학생들처럼 나 또한 유신 체제의 종식을 주장해 왔고, 유신 반대 시위에도 적극 가담해 이미 구류, 구속, 무기정학, 그리고 중앙정보부와 보안사 연행의 경력을 가지고 있었기 때문이었다. 두렵기는 했지만 자신을 속이면서까지 생을 시작하고 싶지는 않았기에 나는 정직하게 대답했다.

"유신은 망할 것입니다. 유신 체제는 막다른 길에 놓여 있습니다. 지금이라도 강압적인 철권 정치를 포기하고……."

적어도 "서리 내린 낙엽 위에는 아무 발자국이 없"는 이 아름다운 길만은 진정한 마음으로 들어서고 싶다는 문학적 감수성이 작용했을 것이다. 그런 면에 있어서 나는 지금도 당시의 자신을 감사하게 생각하고 있다. 면접 시험장을 나서면서 MBC 입사를 깨끗이 포기했지만, 뜻밖에도 최종 합격자 명단에 내 이름이 들어 있었다.

그 뒤 '길에 연하여 끝없는' 길은 정치의 길로 이어져 있음을 깨달았다. 때는 1995년 초여름이었다. 성수대교 참사에 이은 또 하나의 비극인 삼풍백화점 붕괴 현장에 나는 서 있어야 했다. 비극의 현장에 카메라를 들이대고 침착하고 냉정하게 사건을 보도해야 하는 방송기자라는 직업에 그때만큼 심한 갈등과 회의를 느껴본 적도 없다. 서울 최고의 호화 백화점이 흙먼지 자욱한 폐자재 더미로 변해 버린 붕괴 현장에 서서 표정은 더욱 비통해졌고, 음성은 격양되기 시작했다. 부실 시공이라는 어이없는 인재人災가 빚은 참상에 더해 허둥지둥 정신 못 차리는 정부의 재난 대처 능력에 주체할 수 없이 분노가 치밀었다. 사고가 난 몇 달 후, 나는 앞으로 내가 걸어가야 할 길에 대해 깊이 번민하고 사표를 썼다.

방송기자로서 앵커로서, 그런대로 탄탄한 방송 언론인의 길을 걷고 있던 나는 다시 한 번 마음을 가다듬고 '길에 연하여 끝없는' 길을 새롭게 걸어나가야 한다고 다짐했다. '다시는 이런 비극의 현장에 방송기자로 서고 싶지 않다' 는 감상적 고뇌가 '이 사회의 총체적 붕괴를 막기 위해서는 리더십을 바꿔야 한다' 는 현실적 대안으로 이어졌기 때문이었다.

가슴 아픈 시련을 겪고도 아무도 반성하지 않는 사회와, 어느 누구도 책임지지 않는 현실을 한탄하고만 있을 수는 없었다. 직접 새로운 리더십을 창출해 내기 위한 발판이 되고자 나는 17년간의 방송기자 생활을 접고 모두가 가시밭길이라며 만류하는 야당 정치인의 길로 나서게 되었다.

돌이켜보면, 나는 내 길을 선택하고 걸어가면서 '두 가지 원칙' 을 가지고 있었던 셈이다. 그 하나는 '주관적 도덕심' 이고, 다른 하나는 '공리적 개혁 정신' 이었다. 이러한 점에 있어서 나는 다시 돌아가지 못할지라도, "다른 날" 을 위해 남겨두었던 학자나 시인의 길에 부끄럽지 않을 수 있다. 훗날 어디에선가 한숨을 쉬며, "단풍 든 숲 속에 두 갈래 길"에 서서 망설이던 젊은 시절의 나를 만나더라도 한 점 부끄럼 없는 마음으로 손을 내밀 수 있기를 염원한다.

프로스트의 〈가지 못한 길〉을 암송하며 가슴 설레던 시절의 나 자신을 만나게 되면, 나는 한숨을 쉬며 이렇게 고백할 생각이다.

"그날 이후로 모든 게 달라지긴 했지만, 나는 여전히 처음 그대로다" 라고.

출판 평론가
표정훈

바닷가에서 / 라빈드라나트 타고르

[사막의 오아시스처럼 다가온 타고르의 시]

그런 현실 속에서 《기탄잘리》와의 만남,
특히 그 예순 번째 시 〈바닷가에서〉와의 만남은
사막에서 오아시스를 만난 것 같은 신선함으로 다가왔다.
왜 하필 《기탄잘리》였고, 예순 번째 시였을까?

1969년 서울에서 태어나 서강대 철학과를 졸업한 후 출판 평론가이자 번역가, KBS 〈TV,
책을 말하다〉 자문위원, 삼성경제연구소 강사로 활동 중이다. 저서로 《책은 나름의 운명을
지닌다》 《하룻밤에 읽는 동양사상》 등이 있고, 번역서로 《중국의 자유 전통》 《고대 문명의
환경사》 등이 있다.

바닷가에서

라빈드라나트 타고르

끝없는 세계의 바닷가에 아이들이 모여든다.

무한한 하늘은 머리 위에서 꼼짝도 않고, 쉴 줄 모르는 물결은 요란하다.

끝없는 세계의 바닷가에 아이들이 소리치고 춤추며 모여든다.

그들은 모래로 집을 짓고 빈 조개를 가지고 논다.

그들은 가랑잎으로 배를 엮고는 방긋 웃으며 허허 망망한 바다에 띄운다.

아이들이 세계의 바닷가에서 놀고 있다.

그들은 헤엄칠 줄 모른다. 그들은 그물을 던질 줄 모른다.

진주 캐는 이는 진주를 캐러 물속에 뛰어들고,

상인들은 그들의 배를 타고 항해하나,

아이들은 조약돌을 모아서는 또다시 흩뜨린다.

그들은 숨은 보물을 안 찾는다. 그들은 그물을 던질 줄 모른다.

바다는 웃으며 일렁이고, 바다 기슭의 미소는 창백하게 반짝인다.

죽음을 거래하는 물결은 아이들에게 의미 없는 노래를 불러준다,

마치 아기의 요람을 흔들 때의 어머니처럼.

바다는 아이들과 더불어 논다. 그리고 창백하게 바다 기슭의 미소는 반짝인다.

끝없는 세계의 바닷가에 아이들이 모여든다.

폭풍우는 길 없는 하늘을 헤매고, 배는 길 없는 바다에 난파하여,

죽음이 넘치는데 아이들은 장난한다.

끝없는 세계의 바닷가에 아이들의 큰 모임이 있다.

인도의 노자老子, 타고르와의 만남

인도의 시성詩聖 라빈드라나트 타고르(1861~1941). 나는 고등학교 2학년 때 아버님의 서가에서 그와 처음 만났다. '신神에게 바치는 송가'라고 할 수 있는 그의 시집 《기탄잘리》를 우연히 읽게 됐던 것이다. 시인 박희진 선생이 번역해 홍성사에서 펴낸 《기탄잘리》였다. 박 선생이 1959년에 번역해서 양문사 문고본으로 출간했던 것을 23년 만에 다시 낸 개정판이다. 이 책은 지금도 내가 가장 소중하게 아끼는 책들 가운데 하나다.

《기탄잘리》는 1910년 벵골어로 내놓았던 것을 타고르 자신이 영역하여 영국에서 1912년에 출간했다. 다음 해 타고르가 아시아인 최초로 노벨문학상을 수상하면서 이 시는 세계적으로 널리 알려졌다. 우리나라 최초의 번역본은 1923년 김억金億이 이문관에서 간행한 것이며, 만해 한용운에게 큰 영향을 미친 것으로도 유명하다.

홍성사가 의욕적으로 출간하던 '믿음의 글들' 시리즈의 하나로 나온 것에서도 짐작할 수 있듯이 《기탄잘리》의 수록 작품들은 신에게로의 귀의와 신에 대한 열렬한 경애의 정이 가득하다. '믿음의 글들' 시리즈에 속한 다른 책 대부분이 기독교 신앙 관련 서적이었던 데 비해, 《기탄잘리》는 특정 종교의 경계를 뛰어넘어 성스러운 것, 절대적인 것, 신비로운 것 등 일반에 대한 보편적인 감수성을 특징으로 한다.

《기탄잘리》를 처음 읽었던 고등학교 2학년 때 나는 대입 준비에서 오는

스트레스와 압박감에 시달리고 있었다. 이른바 '강남 8학군'에 자리 잡은 고등학교여서 그랬는지 학부모들의 교육열과 선생님 및 학교 측의 대입 준비에 대한 열의는 뜨겁기만 했다. 밤늦게까지 이어지는 보충수업과 자율 아닌 자율 학습, 그리고 자정이 훨씬 넘은 시간까지 독서실에서 불을 밝히는 생활이 계속됐다. 많은 학생들은 사실상 신경과민 상태에서 하루하루 지쳐갔다. 과외와 재학생 학원 수강이 법적으로 금지되어 있던 것이 불행 중 다행이었다고나 할까.

당시 나를 포함한 대부분의 학생들에게 시나 소설은 국어 교과서에 나오는 것들이 전부였다. 그나마 선생님이 알려주시는 사항을 교과서에 적어 넣고 밑줄을 쳐가며 암기하고, 참고서를 뒤적거리며 문제집을 푸는 식으로 공부하는 게 다였다.

시나 소설에서 감동을 느낀다는 건 먼 나라 이야기였다. 시 한 편을 스스로의 느낌대로 감상한다는 건 차라리 사치였다. 다만 대입 기출문제의 정답을 잘 찾기 위한 훈련의 연속일 뿐이었다.

그런 현실 속에서 《기탄잘리》와의 만남, 특히 그 예순 번째 시 〈바닷가에서〉와의 만남은 사막에서 오아시스를 만난 것 같은 신선함으로 다가왔다. 왜 하필 《기탄잘리》였고, 예순 번째 시였을까? 종교 신앙을 갖지 않고 있었지만, 우선 어떤 초월적인 것, 신성한 것이 매력적으로 다가왔기 때문이다. 눈에 보이는 현실 이상의 그 무엇, 세속의 질서와는 다른 성스러운 질서 같은 것이 있다면 얼마나 좋을까?

삶의 가치 기준이나 인생관, 무언가 분명한 목표 의식도 없이 하루하루

지쳐가던 나에게 《기탄잘리》는 그런 질서에 대한 동경을 안겨주었다.

또한 당시의 나로서는 예순 번째 시가 가장 이해하기 쉬웠다. 어린 시절 바닷가에 놀러 갔던 기억을 떠올려 주면서 친근하게 다가왔던 것이다. 나는 이 시를 정성스럽게 적은 뒤 문방구점에서 코팅을 해 늘 책가방에 넣고 다녔다.

나 역시 끝없는 세계의 바닷가에서 소리치고 춤추며 모래집을 짓고 빈 조개를 가지고 놀고 싶었다. 가랑잎으로 배를 엮어서 방긋 웃으며 망망대해에 띄우고 싶었다.

이후 대학에서는 철학을 전공했다. 같은 시를 읽어도 나이에 따라 느낌과 이해가 달라진다는 걸 이 예순 번째의 시로 알게 됐다. 《노자老子》를 공부하고 나서 이 시를 다시 접했을 때, 나는 타고르가 노자의 세계를 정확히 이해하고 있다는 느낌을 받았다.

　　진주 캐는 이는 진주를 캐러 물속에 뛰어들고,

　　상인은 그들의 배를 타고 항해하나,

　　아이들은 조약돌을 모아서는 또다시 흩뜨린다.

　　그들은 숨은 보물을 안 찾는다. 그들은 그물을 던질 줄 모른다.

이 부분에서 진주 캐는 이와 항해하는 상인은 유위有爲의 세계, 즉 역사와 노동의 세계다. 반면 숨은 보물을 안 찾고 그물을 던질 줄도 모르며 단지 조약돌을 모아서는 또다시 흩뜨릴 뿐인 아이들은 무위無爲의 세계, 스스로 그러할 뿐[自然]인 세계다.

　죽음을 거래하는 물결은 아이들에게 의미 없는 노래를 불러준다,
　마치 아기의 요람을 흔들 때의 어머니처럼.
　바다는 아이들과 더불어 논다.

　죽음을 거래하는 물결이 들려주는 의미 없는 노래는 노자가 말하는 천지불인天地不仁이다. 있는 바 그대로의 세계는 불인不仁, 즉 어떤 인간적인 감정도 지니고 있지 않다. 그것은 다만 스스로 그러하게 있을 뿐이며, 어떤 의미를 부여하는 것은 사람의 몫, 즉 인위人爲에 속한다.

　폭풍우는 길 없는 하늘을 헤매고, 배는 길 없는 바다에 난파하여,
　죽음이 넘치는데 아이들은 장난한다.

　난파와 죽음이 넘치는 세계, 고통과 땀과 피로 얼룩진 역사와 유위의 세계를 아이들은 도무지 모른다. 그들은 다만 장난할 뿐이다. 타고르는 노자와 마찬가지로 유위의 계열과 무위의 계열 가운데 어느 한쪽 편을 들지 않는다. 다만 세계와 우주의 문법을 기술記述할 뿐이다. 거기에는 어떤 초월에 대한 염원이나 동경도 없고 세속에 대한 폄하나 혐오도 없다. 세상은 늘 그러했던 것처럼 오늘도 내일도 늘 그러하게 움직이고 있을 뿐이다. 성속聖俗은 일여一如하며 유무有無는 현동玄同하다.

결국 지금의 나는 타고르에게서 노자의 모습을 보고 있는 셈이지만, 앞으로 세월이 한참 흐른 뒤 이 시를 다시 접할 때는 어떤 느낌과 생각으로 받아들이게 될까? 물론 지금의 나로서는 알기 힘들다. 하지만 이것 하나만은 분명하다. 내가 세상과 사람살이에 대해 더 많은 경험을 쌓고 더 깊은 통찰력을 쌓을수록, 이 시가 내 안에서 더욱 깊어지리라는 것을.

서울팝스오케스트라 상임 지휘자 **하**성호

진달래꽃 / 김소월

[나의 진달래꽃 사연]

고교 시절, 한참을 고뇌하면서 시인 김소월 님의
시 〈진달래꽃〉으로 작곡을 한 적이 있다.
나름대로 몇 번씩 수정하여 완성된 곡을 대중 앞에서
뿌듯한 마음으로 발표하고, 가곡으로서의 가치를
인정받고 싶었던 기억이 생생하다.

1952년 경남 진주에서 태어났다. 한국에서는 버클리음대 출신 1호로 알려져 있으며, 음악예
술학 박사 학위를 받았다. 1500회 연주로 《2000년 밀레니엄 기네스북》에 세계 최다 연주
지휘자로 선정되었으며 현재까지 1800여 회 지휘했다. 저서로 《예술은 논리가 아니고 느낌
이다》 《실용화성학》 등이 있다.

진달래꽃

김소월

나 보기가 역겨워
가실 때에는
말없이 고이 보내드리우리다.

영변寧邊에 약산藥山
진달래꽃
아름 따다 가실 길에 뿌리우리다.

가시는 걸음걸음
놓인 그 꽃을
사뿐히 즈려밟고 가시옵소서.

나 보기가 역겨워
가실 때에는
죽어도 아니 눈물 흘리우리다.

나의 진달래꽃 사연

고교 시절, 한참을 고뇌하면서 시인 김소월 님의 시 〈진달래꽃〉으로 작곡을 한 적이 있다. 나름대로 몇 번씩 수정하여 완성한 곡을 대중 앞에서 뿌듯한 마음으로 발표하고, 가곡으로서의 가치를 인정받고 싶었던 기억이 생생하다. 그런데 우연히도 요즘 '마야' 라는 신인 가수가 〈진달래꽃〉을 들고 나왔다. 젊은이들 사이에서 선풍적으로 인기 몰이를 하고 있는 곡으로 부상하는 것을 보고, 마야를 우리 오케스트라의 '7월 덕수궁 가족 음악축제' 에 초청했다.

많은 관객들에게 박수갈채를 받는 것을 보니, 문득 30여 년 전 고등학생 시절 최고의 작곡가가 되겠다는 야무진 꿈을 안고 매일 한 개의 시를 골라 작곡했던 기억이 났다. 그러던 중에 바로 〈진달래꽃〉이라는 시를 찾게 된 것은 그 시가 가지고 있는 코드가 나와 같았기 때문이었으리라.

〈진달래꽃〉에 나오는 시구 중, "나 보기가 역겨워 가실 때에는 말없이 고이 보내드리우리다"란 구절은 '오는 사람 막지 말고, 가는 사람 잡지 말자' 는 평소의 나의 지론과 너무 닮아 있었다. 그러면서도 떠나는 사람을 원망하거나 미워하지 않는 그 다음 시구는 나와 코드가 맞아서인지 더욱 더 내 가슴에 와 닿았다.

영변寧邊에 약산藥山

진달래꽃

아름 따다 가실 길에 뿌리우리다.

약산藥山에 피어난 평범하고도 잔잔한 진달래꽃은 님이 가시는 길에 더욱 아름다운 이별을 느끼게 한다는 내용을 담은 이 구절은, 사춘기 소년의 마음을 사로잡기에 충분했다.

대학 시절, 나에게도 한 편의 로맨스가 있었다. 그때 알던 여자 친구는 항상 싫다고 하면 좋은 것이고, 좋다고 하면 싫은 것일 만큼 내숭을 잘 떠는 성격이었다. 하루는 그런 식으로 만나는 날들이 지겨워서 "너는 나를 좋아하지도 않는데 일방적으로 나만 널 좋아하는 거냐"라고 물었더니 서슴없이 그렇다고 퉁명스럽게 내뱉는 것이 아닌가! 나는 이후로 그녀에게 그 어떤 연락도 하지 않았다.

한 달이 지난 어느 날, 그녀가 한 통의 편지를 보내왔다. 그 편지의 내용은 이러했다.

'나는 사랑을 갈구하는 사람을 좋아하는데, 너는 왜 계속해서 나의 사랑을 구하지 않고, 이렇게 나의 곁을 떠나려고 하느냐……'

그때 나는 바로, 고등학교 때 작곡을 해두었던 〈진달래꽃〉 가곡을 내가 직접 노래하고 녹음해서 그대로 우편으로 보내주었다.

"나 보기가 역겨워 가실 때에는 말없이 고이 보내드리우리다. 영변寧邊에 약산藥山 진달래꽃 아름 따다 가실 길에 뿌리우리다. 가시는 걸음걸음 놓인 그 꽃을 사뿐히 즈려밟고 가시옵소서. 나 보기가 역겨워 가실 때에는 죽어도 아니 눈물 흘리우리다."

소월 님의 시에 곡을 붙여 작곡해 둔 것을 그렇게 써먹게 될 줄이야!

얼마 후, 그녀에게서 또 다른 편지 한 통이 날아왔다. 한국의 가곡 〈얼굴〉의 가사를 인용한 것이었다.

"동그라미 그리려다 무심코 그린 얼굴. 내 마음 따라 피어나던 하얀 그때 꿈을 풀잎에 연 이슬처럼 빛나던 눈동자. 동그랗게 동그랗게 맴돌며 가는 얼굴."

심봉석 님께서 쓰신 가사에 신귀복 님께서 곡을 붙인 유명한 가곡이었다. 나도 그 가사를 제대로 알고 있었던 터라 나름대로 나를 향한 그녀의 애절한 마음을 느낄 수가 있었다.

내가 〈진달래꽃〉의 아름다운 이별을 보내고, 그녀는 그리운 마음을 담은 〈얼굴〉로 답변하여 서로 다시 만나보려고 하던 차, 대학 4학년의 나는 미국으로 유학을 떠나게 되었다. 그 후, 다시는 그녀를 만나지 못했다. 지금껏 잊혀졌던 나의 젊은 시절, 시에 얽힌 '사랑의 추억'을 다시 기억하게 되는 것이 아이러니하기도 하다.

특히 가수 마야가 불러 인기 있는 요즘의 〈진달래꽃〉은 한창 주가를 올리고 있는데 반해, 나의 꿈 많던 시절에 작곡된 곡 〈진달래꽃〉은 지금도 나의 서재 한구석에 처박혀 빛을 못 보고 있다. 그래도 그때 그 시절, 절교했던 그녀의 마음을 움직일 수 있었던, 또 사로잡을 수 있었던 〈진달래꽃〉과 관련된 사랑의 기억이 나에겐 소중하다. 물론 그녀도 지금은 어느덧 중년이 되어 어딘가에서 잘 지내고 있으리라 여겨진다.

그때 나에게 음악가로서의 꿈을 키워주었던 〈진달래꽃〉. 사람들은 저마다 꿈과 희망을 갖고 살지만, 모든 것이 꿈과 희망대로 되지 않는 것은 세상 진리가 아닌가 싶다. 사실, 나는 스물두 살까지도 지휘자가 되리라곤 꿈도 꾸어보지 못했다. 단지 중·고등학교 음악 선생이 되면 족하겠다고 생각하다가, 군대를 짧게 마치고 복학해서 문득, 나도 유학을 가서 학위를 따 대학 교수가 되어야겠다고 생각을 바꾼 것이 오늘의 나를 만들어주었던 것이다.

물론 복학 후에는 누구보다도 정신을 차려 열심히 공부했다. 타 대학교의 교수님을 찾아다니며 레슨을 받기도 했고, 작곡을 열심히 하여 대학교 3, 4학년 때는 작곡 발표회도 하면서 미래의 꿈을 키웠다. 그리고 미국 유학 길에 올랐다.

당시 1970년대, 미국에 가서 내가 제일 처음으로 관람한 음악회가 보스턴의 '보스턴 심포니 오케스트라'의 연주였다. 나는 그곳에서 세계적인 지휘자, 일본인인 세이지 오자와를 보고 한순간 피가 멎을 것 같은 느낌을 받았다. 세이지 오자와의 지휘와 보스턴 심포니의 연주는 온몸에 소름이 돋을 정도로 나를 감동시켰다. 그 뒤로 나는 기회가 있을 때마다 지휘자가 되면 좋겠다는 꿈을 키우게 되었다.

작곡과 지휘를 복수 전공하면서 공부를 계속했지만, 지휘가 절대 간단하거나 만만치 않음을 알고 중간에 잠시 포기하는 일도 있었다. 그러나 운명의 신은 나를 그냥 내버려 두지 않았다.

오늘날 이렇게 서울팝스오케스트라 지휘자로 전국 방방곡곡을 순회하며, 혹은 외국의 여러 곳을 다니며 활발한 활동을 하는 지휘자가 되어 있는 내 모습에 나 스스로도 놀라워한다. 나는 지금의 나를 보며 운명의 끈을 느끼고 따르게 되었다. 나의 삶이 운명의 끈으로 연결되어 왔듯이 내가 사춘기 때 작곡한 〈진달래꽃〉은 오늘날 또 다른 유행가로 변모하여 나에게 친근하게 다가온다.

김소월 님의 시 〈진달래꽃〉은 나에게 운명적인 만남과 운명의 끈에 대한 소중함을 일깨워줬다. 내 삶이 다하는 날까지 수시로 예기치 않게 다가오는 운명의 사슬에 나는 순응하고 싶다.

만화애니메이션 산업연구소장 · 세종대 교수 **한**창완

나 당신을 그렇게 사랑합니다 / 한용운

[세상으로부터 받은 사랑을 다시 갚는 삶]

아마도 사랑의 대상은 나를 성장시키고 또 다른 누군가를
성장하도록 도와주는 능력 속에 있는 듯하다.
그래서 사랑을 이 시에서처럼, 정작 주기만 한다고
지치지도 말아야 하며, 더 많이 줄 수 없음에 아파하지도
말아야 하고, 즐거워한다고 질투하지도 말아야겠다.

1967년 전남 목포에서 태어나 서강대 신문방송학과를 거쳐 동 대학원에서 석사, 박사 학
위를 받았다. 현재 세종대 만화애니메이션학과 교수, 만화애니메이션산업연구소 소장을 지
내고 있으며 학내 벤처기업인 (주)세종에듀테인먼트의 대표이사를 맡고 있다. 저서로 《한국
만화산업연구》《애니메이션 경제학》등이 있다.

나 당신을 그렇게 사랑합니다

사랑하는 사람 앞에서는 사랑한다는 말을 안 합니다
아니하는 것이 아니라 못하는 것이 사랑의 진실입니다
잊어버려야 하겠다는 말은 잊을 수 없다는 말입니다
정말 잊고 싶을 때는 말이 없습니다

헤어질 때 돌아보지 않는 것은 너무 헤어지기 싫기 때문입니다
그것은 헤어지는 것이 아니라 같이 있다는 말입니다
사랑하는 사람 앞에서 웃는 것은 그만큼 행복하다는 말입니다
떠날 때 울면 잊지 못하는 증거요
뛰다가 가로등에 기대어 울면 오로지 당신만을 사랑한다는 증거입니다

잠시라도 같이 있음을 기뻐하고
애처롭기까지 만한 사랑을 할 수 있음에 감사하고
주기만 하는 사랑이라 지치지 말고
더 많이 줄 수 없음을 아파하고

남과 함께 즐거워한다고 질투하지 않고

그의 기쁨이라 여겨 함께 기뻐할 줄 알고

깨끗한 사랑으로 오래 기억할 수 있는

나 당신을 그렇게 사랑합니다

세상으로부터 받은 사랑을 다시 갚는 삶

고등학교 2학년 때 어떤 청소년 단체 모임을 결성하던 창단식에서 우연히 한 여학생을 보게 되었다. 나는 행사를 주관하던 학생 대표로 사회를 맡았고, 그 여학생은 학교 대표로 행사에 참여하여 단체장에게 꽃다발을 증정하는 역할을 맡고 있었다.

처음 느낀 감정이었다. 그녀의 아주 똑똑하게 생긴 모습에서 언제부턴가 내가 막연하게 그려오던 그런 이미지들이 혼재되어 눈앞을 가로막는 느낌을 받았다. 가슴이 답답했고, 한동안 불면의 밤을 보내기도 했다. 우연한 기회에 만나게 되었지만, 정작 본인에게는 한마디의 말도 건네지 못했고 주위 친구들을 통해 공부를 아주 잘하는 수재라는 소문만 들었다. 누구와도 쉽게 친해지던 나였지만 정작 그녀에게는 아무런 말도 건넬 수가 없었다.

이후, 대학 시험을 치를 때까지 여러 번 볼 수 있는 기회가 있었지만, 단한 번도 내 감정을 이야기할 수 없었다. 지독스러울 만큼 힘들고 지겨운 짝사랑이었다. 당시 학력고사 이후 친구들의 소개로 다시 만나게 되었을 때, 그 여학생도 나를 좋아하고 있었다는 사실을 알고는, 세상을 다 얻은 것 같았다. 수없이 쓰던 연애편지에 가장 많이 적었던 시가 한용운 선생님의 〈나 당신을 그렇게 사랑합니다〉라는, 사랑에 관한 시다.

우리는 함께 서울에서 대학을 다녔고, 내가 군대를 마친 후 대학원에

다닐 때까지 거의 10여 년을 수없이 다투고 헤어지며 서로를 힘들게 했다. 결국 사랑이라는 의미를 사랑이라는 말 없이도 공감할 정도로 서로 이해하게 되었을 때 우리는 부부가 되어 있었다.

아주 힘들게 시작한 결혼이었지만, 서로를 믿어준다는 것이 가장 큰 힘이었다. 집을 조금씩 늘려가고, 그때마다 필요한 가구를 하나씩 구입하기 위해 수십 번이고 함께 가구점을 다니던 기억은 아직도 잊혀지지 않는 좋은 추억이다. 소파와 침대, 그동안 장만했던 모든 물건들에는 아내와 내가 함께 고생했던 기억들이 묻어 있다. 그래서 사랑은 시간이 갈수록 더 표현하기 어려운 것 같다.

결혼 10주년이 되어가면서, 나를 꼭 **빼닮은** 딸과 조금은 아내를 닮은 듯한 아들이 이제는 우리 부부의 또 다른 사랑이다. 아이들을 볼 때마다 사랑의 대상이 이제 아이들에게로 옮겨가고 있음을 느끼게 된다. 사랑은 늘 그렇게 가슴에 묻는 희망이 된다.

대학에서 학생들을 가르치면서, 생소할 수 있는 '만화애니메이션'의 새로운 학문 세계는 함께 공부하는 학생들을 많이 생각하게 한다. 학과를 신설하고, 새로운 학문 분야의 커리큘럼을 만들고, 매번 새로운 강의를 준비하면서 미개척 분야에 함께 도전할 때 학생들은 모두 제자이면서도 절친한 동료가 된다.

자정이 넘어 연구실을 나설 때마다 문득 학생들이 보고 싶다는 생각이 든다. 삼복더위의 열대야에도 실기실의 불은 항상 환히 밝혀져 있다. 학과가 개설된 이후부터 단 하루도 꺼지지 않는 실기실의 불이 학과의 자부심이라는 학생들이 정말 고맙고, 대견스럽다. 이제는 이들이 나의 사랑이다.

자정이 넘은 실기실. 한여름의 더위도 한겨울의 추위도, 그들의 창작 열기를 멈추게 할 수는 없다. 추운 겨울밤, 조그만 전기난로에 몸을 의지하고 열심히 작품을 그리다 잠든 여학생을 흔들어 깨운 적이 있다. 놀라서 깬 그 학생은 집에 들어가 쉬라는 나의 부탁(?)에 내일까지 작품을 마무리하기로 후배들과 약속했다며 기어코 밤을 새우겠다고 한다. 눈가에 붙어 있던 눈곱도 예쁘게 보였던 것은 그들에게서 보이는 패기와 열정이 부러워서였을 것이다.

이런 친구들과 함께 새벽에 마시는 소주도 참 정겹다. 퇴근길에 실기실에 들러, 작업하는 학생들과 갑자기 느낌이 통해 예정도 없이 마시는 소주는 아무리 마셔도 힘들지가 않다. 그런 학생들이 매년 졸업하고 사회로 나갈 때마다 가슴 한편이 안타까움으로 조금씩 아파온다. 사회에 잘 적응하기를 바라는, 그래서 더 좋은 작가와 감독이 되라는 부탁과 희망이지만, 더 솔직한 것은 그들이 한 번씩 무척 보고 싶어진다는 것이다. 그러나 가끔 그들이 첫 월급을 탔다며 조그마한 선물을 사 들고 연구실을 찾아올 때면, 정말 보고 싶었다는 반가운 말은 나오지 않는다. 얼굴에 번지는 미소만으로 그 말을 가슴속에 꼭 묻어둘 뿐이다. 사랑은 늘 그렇게 가슴에 묻는 추억이 된다.

학생들을 대하는 마음, 진심으로 제자를 사랑할 수 있는 마음을 나는 대학원 석 · 박사 과정에서 존경하는 교수님께 배웠다. 희곡 작가로도 현대사에 큰 족적을 남기신 이근삼 교수님. 사회과학의 기본적인 이론조차

238

도 이해하지 못한 채, 군대 제대 후 복학한 대학원에서 이 교수님은 무서운 질타와 지속적인 관심으로 학문의 의미를 가르쳐주셨다. 나 스스로도 많이 부족하다고 생각되던 절망의 순간마다 교수님은 강의 시간의 긴장 너머로 항상 용기를 주셨다.

"너는 어떤 일이라도 해낼 수 있는 아이다. 나는 너를 믿는다."

계속되던 교수님의 자상한 말씀은 내 능력 이상으로 공부할 수 있도록 항상 스스로를 인내하는 동기가 되었다. 그래서 교수님을 뵐 때마다 감사드린다는 말씀, 평생 다 드려도 부족하다는 마음을 전하고 싶지만, 정작 많은 이야기를 드리지 못한다. 사랑은 늘 그렇게 가슴에 묻는 고마움이 된다.

한용운 선생님은 일제강점기에 시를 통해 조국에 대한 사랑을 애절하게 표현하셨다. 아마도 사랑의 대상은 나를 성장시키고 또 다른 누군가를 성장하도록 도와주는 능력 속에 있는 듯하다. 그래서 사랑을 이 시에서처럼, 정작 주기만 한다고 지치지도 말아야 하며, 더 많이 줄 수 없음에 아파하지도 말아야 하고, 즐거워한다고 질투하지도 말아야겠다. 그래야 내가 이 세상으로부터 얻은 사랑을 고스란히 다시 세상 속으로 되돌려줄 수 있을 것이기 때문에.

만화가 **황미나**

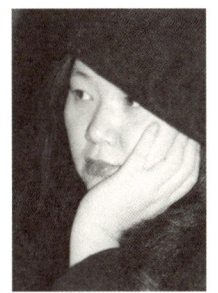

낙화 / 이형기

[가야 할 때를 아는 자의 아름다움]

김소월을 탐닉하고, 이백을 사랑하며, 두보에 빠졌던
내가 이 한 편의 시에 빠진 것은, 당시의 "가야 할 때가
언제인가를 분명히 알고 가는 이의 뒷모습"이
너무나 부러웠기 때문이었는지도 모른다.
가야 할 때와 돌아서야 할 때를 분명히 알고 싶었으나
너무 어려서 잘 몰랐기 때문이다.

1961년 서울에서 태어나 동구여상을 마친 후, 1980년 〈이오니아의 푸른 별〉로 데뷔했다.
주요 작품으로 〈아뉴스데이〉 〈굿바이 미스터블랙〉 〈불새의 늪〉 〈우리는 길 잃은 작은 새를
보았다〉 〈상실시대〉 〈무영여객〉 〈녹색의 기사〉 〈수퍼트리오〉 〈파라다이스〉 〈윤희〉 〈이씨네
집〉 〈레드문〉 등이 있으며, 현재에도 왕성하게 작품 활동을 벌이고 있다.

낙화

이형기

가야 할 때가 언제인가를
분명히 알고 가는 이의
뒷모습은 얼마나 아름다운가

봄 한철
격정을 인내한
나의 사랑은 지고 있다

분분한 낙화……
결별이 이룩하는 축복에 싸여
지금은 가야 할 때

무성한 녹음과 그리고
머지않아 열매 맺는
가을을 향하여

나의 청춘은 꽃답게 죽는다

헤어지자
섬세한 손길을 흔들며
하롱하롱 꽃잎이 지는 어느 날

나의 사랑, 나의 결별
샘터에 물 고이듯 성숙하는
내 영혼의 슬픈 눈.

가야 할 때를 아는 자의 아름다움

어린 시절, 국어 교과서에 나오는 시를 읽고 감동받아 눈물을 흘리고 난 뒤, 시험공부를 하다 보면 똑같은 시라도 어느새 그 절절하던 감동은 사라지고 지겨워지던 기억은 누구에게나 남아 있을 것이다.

이 시의 이 구절은 무엇을 뜻하고, 이 단어는 무엇을 수식하고 있으며, 이 시를 쓴 시인은 왜 이 낱말을 선택했는가? 등 어쩌고저쩌고. 이런 식으로 낱낱이 시를 해부하다 보면 처음 그 시를 읽었을 때 받았던 순수한 이해와 감동은 싸악 까먹어 버리고 시험공부를 위한 암기만이 남는 것이다.

나는 그것이 너무 싫었다. 시를 더 잘 이해하고 더 큰 감동을 받기 위해 공부를 하는 것임에도 불구하고, 이미 가슴에 와 닿아 터져 나오는 눈물을 주체할 수 없으리만큼 감동받았던 그 시를, 공부 때문에 무덤덤한 시로 만들어버린다는 것이 얼마나 큰 모순인지…….

그래서 지금도 나는 시를 분해하고 분석하기보다, 느낌이 주는 그대로 읽거나, 낭송을 듣고 감동받는 것이 가장 좋은 이해라고 생각하고 있다. 사람마다 감동받는 부분이나 각도가 다 다를 것이기에 더더욱 그러하다.

시는 활자를 읽는 것보다 낭송을 들을 때 더 깊이 가슴에 와 닿고, 활자로 된 시를 읽을 때는 아주 천천히 한 줄 한 줄을 음미하며 읽을 때 더 큰 감동을 받는다. 그래서인지 처음 접한 시가 활자가 아니라 낭송인 경우에 더 가슴에 남는다. 내가 지금껏 가장 좋아하는 시로 꼽는 이형기 시인의

〈낙화〉도 그렇다.

낙화를 처음 접한 것은, 아마 내가 스물두 살 때쯤이었을 것이다. 즐겨 듣던 한밤의 라디오 프로그램의 젊은 디스크자키가 마지막으로 방송하던 날 낭송했던 한 편의 시. 제목도 알려주지 않은 채 낭송한 그 시는 프로그램의 마지막을 눈물로 장식하기에 충분했고, 그날 이후 나는 그 시를 찾아 헤맸다. 뒤지고 뒤져서 어느 명시 선집에서 찾아낸 이형기 시인의 〈낙화〉. 아직은 어리던 그때, 스스로 돌아서는 자의 아픔과 그 아픔까지 포용한 아름다움을 한껏 공감하며 흠뻑 받아들였고, 나는 그 시를 가장 사랑하게 되었다.

김소월을 탐닉하고, 이백을 사랑하며, 두보에 빠졌던 내가 이 한 편의 시에 빠진 것은, 당시의 "가야 할 때가 언제인가를 분명히 알고 가는 이의 뒷모습"이 너무나 부러웠기 때문이었는지도 모른다. 가야 할 때와 돌아서야 할 때를 분명히 알고 싶었으나 너무 어려서 잘 몰랐기 때문이다.

나는 20년이 넘도록 만화를 쓰고 그리면서 수많은 작품에 "마침"이란 말을 적었다. 하지만 그 말을 적는 시기는 언제나 내게 갈등을 주곤 했다.

"과연 여기서 끝내야 할까? 아니면 좀 더 가야 할까?"

작품이 인기가 있으면 왠지 좀 더 길게 끌고 싶기도 하고, 출판사 측에서도 너무 빨리 끝내지 않기를 바라기도 한다. 하지만 끝내야 할 때 매듭짓지 않으면 작품성을 잃는 것이 인지상정. 그렇다고 해서 성급히 끝맺는 것 또한 좋은 작품으로 남겨지긴 어렵다. 가장 적절한 부분에서 마침표를 찍는 것은 얼마나 어려운 일인지 모른다. 그러고 보니 '작품을 끝내는 시기를 아는 것'과 "가야 할 때가 언제인가를 분명히 알고 가는 이의 뒷모습"과는 많이 닮아 있다.

내 작품과 그 속의 캐릭터를 사랑하며 숱하게 떠나보내 온 지난 20여 년. 그 작품들을 대할 때마다 나는 이형기 시인의 〈낙화〉를 생각했다. 누구나 다 같겠지만 탈고할 때 나는 늘 아쉬움과 착잡함 속에 빠진다. 그야말로 "격정을 인내한 나의 사랑은 지고 있"는 느낌을 받는 것이다. 그러면서 마음을 모질게 먹고 그동안 내가 사랑했던 캐릭터들과 바로 나였던 캐릭터들과의 이별을 한다. 하롱하롱 꽃잎이 지는 어느 날, 섬세한 손길을 흔들며 무성한 녹음과 머지않아 열매를 맺는 가을을 향하여…….

마침표를 찍은 원고를 넘겨주고 난 후에 밀려오는 한없는 허탈함과 자괴감, 그리고 외로움. 그 외로움 속에 다가오는 새로운 작품에의 압박. 떠나보낸 내 사랑들을 아쉬워할 시간도 없이 새 작품과 새 사랑에 매달려야 하는 나. 그리하여 샘터에 물 고인 듯 성숙하는 내 영혼의 슬픈 눈.

살면서 수없이 돌아서야 할 때를 맞는다. 하지만 언제나 돌아서야 할 가장 적절한 시기를 알지 못하거나 놓치면서 살아가는 우리들이다. 그렇기 때문에 돌아서야 할 때를 분명히 알고 가는 이의 뒷모습이 얼마나 아름다운지, 돌아서야 할 때를 분명히 알기가 얼마나 힘든지 우리는 잘 알고 있다.

지금도 나는 내가 돌아서야 할 시기, 가야 할 시기를 알고자 한다. 그것이 작품이든 사람이든, 그리하여 다시 한 번 〈낙화〉를 읊조린다. 비록 가야 할 때를 분명히 알지 못해 뒷모습이 아름답진 못할지라도.

시를 사랑하는 각계 명사들의 애송시에 얽힌 이야기

나를 매혹시킨 한 편의 시 ①~⑦

총목록

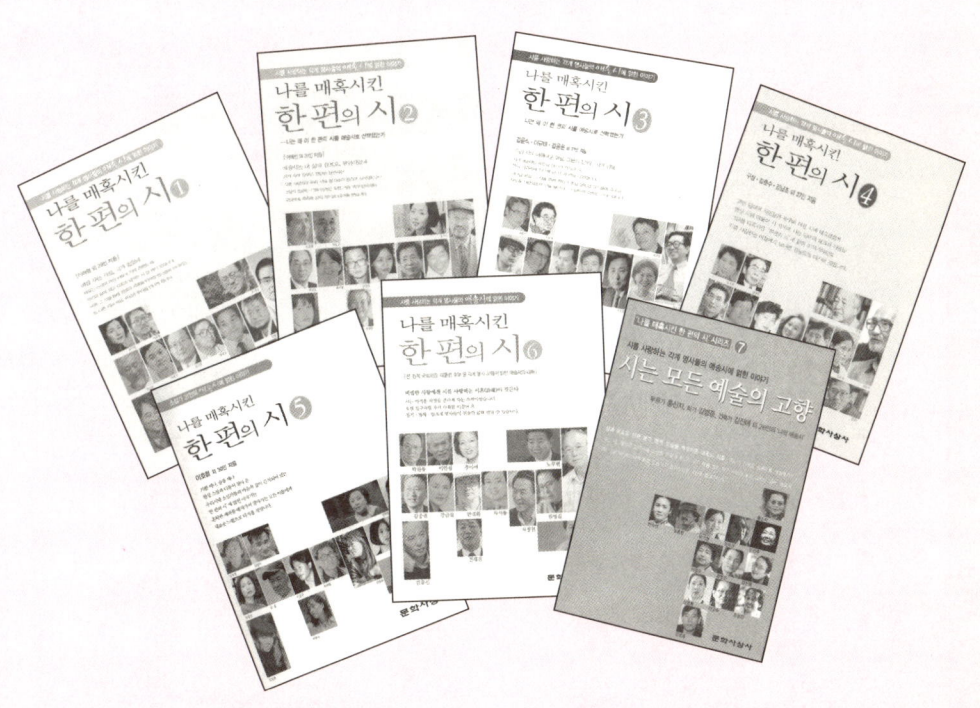

나를 매혹시킨 **한 편의 시 ①**

—노영심, 손숙, 안상수, 유안진, 이계진, 이어령, 주철환 등 30인의 수기

(1999년 5월 20일 발행)

나를 매혹시킨 한 편의 시 ❷

―박동규, 박춘호, 민용태, 신봉승, 이해인, 차범석, 황필호 등 30인의 수기

(1999년 5월 20일 발행)

나를 매혹시킨 한 편의 시 ❸

—김용운, 김윤식, 윤대녕, 윤방부, 이규태, 조세형, 황주리 등 30인의 수기

(1999년 10월 15일 발행)

나를 매혹시킨 한 편의 시 ❹

—구상, 김광규, 김남조, 김승희, 김종길, 김춘수, 허영자 등 30인의 수기

(2001년 7월 25일 발행)

나를 매혹시킨 한 편의 시 ❺

—강석경, 김채원, 김훈, 서영은, 신경숙, 이호철, 한승원 등 31인의 수기

(2002년 3월 30일 발행)

나를 매혹시킨 한 편의 시 ❻

—강금실, 권영길, 김근태, 노무현, 박관용, 이만섭, 추미애 등 32인의 수기

(2002년 11월 5일 발행)

나를 매혹시킨 한 편의 시 ❼

—김명곤, 김병종, 김진애, 신영희, 이강숙, 이석조, 임옥상 등 29인의 수기

(2003년 4월 30일 발행)

나를 매혹시킨 한 편의 시 ⑧

초판 인쇄 — 2004년 4월 10일
초판 발행 — 2004년 4월 15일

지은이 — 고 우 영 외
펴낸이 — 전 성 은
펴낸곳 — (주)문학사상사
주 소 — 서울특별시 송파구 오금동 91번지(138-858)
등 록 — 1973년 3월 21일 제 1-137호

편집부 — 3401-8543~4
영업부 — 3401-8540~2
팩시밀리 — 3401-8741~2
홈페이지 — www.munsa.co.kr
E · 메일 — munsa@munsa.co.kr
지로계좌 — 3006111

ISBN 89-7012-633-3 04810